典藏文學

奇幻仙境
Fantasy Wonderland

愛麗絲夢遊仙境
Alice's Adventures in Wonderland

&

彼得・潘
Peter Pan

路易斯・卡洛爾

Lewis Carroll

1832 - 1898

本名為查爾斯・路特維奇・道奇森（Charles Lutwidge-Dodgson），雖然有隻耳朵聽不見、患有口吃和百日咳，但他從小就展現驚人智慧。善於社交和說故事，日後擔任牛津大學數學與邏輯教授，並在小說、童話、詩歌有所造詣，是英國著名的文學作家。

其中最著名的著作為《愛麗絲夢遊仙境》。該書是卡洛爾與朋友出遊時，以朋友女兒愛麗絲・利道爾（Alice Liddell）作為原型主角，為當時同行的三名女孩們講述的幻想故事。卡洛爾善用笑話、文字遊戲、雙關語和謎語為孩子們打造一個光怪陸離的奇幻世界，並以幽默的方式包裝邏輯知識、哲學等嚴肅議題，以奇幻與現實做結合，加入特色鮮明的角色，如拿著懷錶的兔子、神秘怪誕的柴郡貓和殘暴獨裁的紅心皇后，打造一個奇妙的冒險故事。

直至今日《愛麗絲夢遊仙境》改編的舞台劇、動畫、電影與遊戲數不勝數，其書中語義的複雜性、緊密的邏輯和哲理思考，更經常作為學術界研究的題材。

詹姆斯・馬修・巴里

James Matthew Barrie
1860-1937

　　著名的蘇格蘭小說家及劇作家，自幼熱愛閱讀、寫作及戲劇，因為成長於維多利亞時代，正逢英國殖民航海向外擴張的時期，在此時代背景下，給予他了解海盜和原住民的契機。

　　早期他以蘇格蘭生活為題材，陸續寫出了《田園生活》、《紗窗》、《好街》和《可敬的克里吞》等著作；劇本寫作領域上，著有《易卜生的幽靈》、《Walker, London》與《小白鳥》等，而彼得・潘的初登場，即是在《小白鳥》中。

　　《彼得・潘》靈感來源於作者童年時的幻想和幼時與朋友玩的海盜遊戲，其中最大的功臣即為開朗、活潑的鄰居兒子彼得，彼得不僅是主角彼得・潘的原型人物，他的童言童語，如逗弄弟弟們說他們會飛，主張小孩出生前都是小鳥的言論，都是影響《彼得・潘》故事的關鍵。

　　《彼得・潘》作為幻想童話劇，一登場就大受好評，巴里隨後將彼得・潘的故事改寫成小說，成為世界經典童書之一流傳下來。直至今日，《彼得・潘》多次被改編成電影、動畫、舞臺劇與繪本，也延伸出許多如郵票、版畫等文創商品，可見大眾對其著作的熱愛。

愛麗絲夢遊仙境

目 錄

第一章　探秘兔子洞

　　愛麗絲靠著她的姐姐閒坐在河畔，由於沒有什麼事情可做，她開始感到無聊，她瞥了幾眼姐姐正在讀的書，發現那本書裡既沒有圖畫，也沒有對話。愛麗絲心想：「一本沒有圖畫、也沒有對話的書，有什麼用呢？」

　　天氣悶熱，愛麗絲有點睏。她想做個雛菊花環來玩，但又覺得起身摘雛菊很麻煩。就在這時，一隻白兔突然從她身邊跑了過去。

　　兔子邊跑邊從背心口袋裡掏出懷錶看：「哦，天啊！天啊！我要遲到了！」愛麗絲跳了起來，她從來沒有見過穿著背心的兔子，更沒有見過兔子還能從口袋裡拿出錶來，她好奇地追著那隻兔子穿過田野，剛好看見兔子跳進矮樹下面一個大大的兔子洞。

　　愛麗絲也緊跟著追了進去，根本沒想過該怎麼出來。

　　這個兔子洞一開始的時候像走廊一樣，筆直地向前，接著突然向下，愛麗絲還沒有來得及停下腳步，就掉進了一口深井裡。

　　也許是井太深了，也許是她下墜的速度太慢了，才讓她有時間東張西望，胡亂猜想接下來會發生什麼事。她努力往下看，想知道會掉到什麼地方，但下面太黑了，什麼也看不見。於是，她看了看四周的井壁，只見井壁上排滿碗櫥和書架，還有掛在釘子上的地圖和圖畫。

　　經過一個架子時，她從上面拿下一個罐子，罐子上標示著「桔子醬」，可是裡面是空的，愛麗絲很失望。她在經過下一個碗櫥時，把罐子設法放了回去，她不想因為隨手丟棄罐子，而砸傷任何人。

　　「好啊，經過這麼一摔，以後我從樓梯上滾下去也不算

什麼了。」愛麗絲想：「家人都會說我多麼勇敢啊！嘿，就算從屋頂上摔下去也沒什麼大不了的。」

掉啊！掉啊！掉啊！像永遠掉不到底一樣。

「時間過去這麼久，我究竟掉了多少英里呢？」她大聲說道：「我一定很靠近地球中心了！讓我想想，這就是說已經掉了大約四千英里深了……」（愛麗絲已經在學校裡學過這方面的知識了。）

「對，大概就是這個距離。那麼，我究竟位在哪個經度和緯度呢？」（其實愛麗絲並不知道什麼叫經度、什麼叫緯度，但她覺得會說這兩個詞彙很了不起。）

她想了一下又開始自言自語：「如果我穿過地球，從另一頭掉出去，那裡的人會不會是顛倒過來，頭下腳上的走路呢？我該怎麼說呢？我想，我應該問問他們那個國家叫什麼名字：『太太您好，請問您知道這裡是紐西蘭，還是澳大利亞嗎？』」愛麗絲一邊說，一邊還想行個屈膝禮，不過當然沒辦法，如果換作你從空中掉下來，也行不了屈膝禮。「但是，如果我這樣問的話，人們一定會認為我是一個無知的小女孩。或許，我應該先看看，是不是有個路牌寫著那個國家的名字。」

掉啊！掉啊！掉啊！除此之外，也沒別的事情可做。因此，過了一會兒愛麗絲又開始說起話來：「我敢肯定，黛娜今晚一定非常想念我。」（黛娜是隻貓。）「希望他們別忘了在午茶時也為牠準備一碟牛奶。喔，黛娜，我真希望你就在這裡陪著我！不過這空中恐怕沒有老鼠，倒是有可能會捉到蝙蝠，反正牠們長得滿像的。可是，貓吃不吃蝙蝠呢？」

掉落時間太長，愛麗絲開始感到昏昏欲睡，她半夢半醒地對自己說：「貓吃蝙蝠嗎？貓吃蝙蝠嗎？」有時又說成：「蝙蝠吃貓嗎？」她好像睡著了，還夢見自己和黛娜手牽著

手散步，並且很認真地問牠：「黛娜，告訴我，你吃過蝙蝠嗎？」就在這時，突然「砰！」的一聲，她掉在了一堆枯樹葉上面。

愛麗絲毫髮無傷，她馬上站了起來。在她的面前，是一條很長的通道，而那隻白兔正匆匆忙忙地往前跑。

這回可不能再錯失良機，於是愛麗絲像一陣風似的追了過去。她聽到兔子在拐彎時說：「哎，沒有時間整理耳朵和鬍子啦！我遲到了！」愛麗絲追了上去，但是當她拐過轉角後，兔子卻已不見蹤影。她發現自己在一間很長很低的大廳裡，天花板上懸掛著一整排吊燈，把大廳照得通亮。

大廳四周都是門，愛麗絲從大廳這一頭走到那一頭，每扇門都試了一下，發現它們都被鎖著，她傷心地走到大廳中間，思索著該怎麼出去。

突然，她發現一張三腳的小桌子。桌子是玻璃做的，桌上只放著一把很小的金鑰匙。愛麗絲立刻想到：「這可能是大廳其中一扇門的鑰匙！」但她試了又試，所有的鑰匙孔都太大了，或者說鑰匙太小了，沒有一扇門能被打開。

不過，在她試第二輪時，發現剛才沒注意到的長簾，那後面有一扇約十五英寸高的小門。她把小金鑰匙插進小門的鑰匙孔裡，太好了，正好吻合！

愛麗絲打開門，發現門後是一條通道，跟老鼠洞差不多大，她跪下來，順著通道盡頭望去，看到了一座美輪美奐的花園。

愛麗絲多麼渴望能離開這無聊的大廳，到那個美麗的花園裡去呀！可是那扇門小得連腦袋都塞不進去。可憐的愛麗絲想：「唉！就算腦袋過去了，肩膀沒過去也沒用呀！要是我能夠像在望遠鏡裡的小人一樣縮小就好了！」（愛麗絲常常把望遠鏡倒著看，一切東西都變得又遠又小；當她將望遠

鏡正著看時,東西又變得又近又大。所以,她認為望遠鏡可以把人放大和縮小。)

她回到桌子邊,希望能找到其他鑰匙,或是找到一本教人縮小的書。這次,她發現桌上有一個小瓶子。瓶頸上繫著一張紙標籤,上面印著兩個漂亮的大字:「喝我」。

「剛剛明明沒有啊!」愛麗絲說。

不過聰明的愛麗絲並沒有把瓶子裡的東西喝下去,因為她聽過一些故事,說有些小孩會被燒傷、被野獸吃掉,或是發生其他糟糕的事情,都是因為沒有記住別人的警告。而愛麗絲知道,不能喝下瓶子上印著「毒藥」的東西。

然而,這瓶子上並沒有「毒藥」的字樣,所以愛麗絲冒險嚐了一小口,覺得非常可口:它混合著櫻桃餡餅、奶油蛋糕、鳳梨、烤火雞、牛奶糖、熱奶油麵包的味道。於是,她一口氣就把一瓶藥水全喝光了。

「感覺好奇妙呀!」愛麗絲說:「我一定變得和望遠鏡裡的小人一樣小了。」

沒錯,現在的她變得只有十英寸高。現在,她可以到那個美麗花園裡去了,她高興得手舞足蹈。可是,哎呀,可憐的愛麗絲!當她走到花園門口時,才發現自己忘記拿那把小金鑰匙了。

當她再回到桌子前想要拿的時候,卻發現自己根本構不到鑰匙,只能透過玻璃桌面清楚看到它。她攀著桌腳使盡全力向上爬,可是桌腳太滑了,她一次又一次滑下來,弄得精疲力竭。於是,這可憐的小人坐在地上哭了起來。

「起來,哭是沒用的!」愛麗絲嚴厲地對自己說:「限你一分鐘內停止哭泣!」她經常命令自己(但她很少聽從這種命令),有次甚至把自己罵哭了。當她獨處時,就喜歡假裝成兩個人,自己和自己說話。

「但是現在還裝什麼兩個人呢？」愛麗絲心想：「我現在小得連一個普通人都不算。」

這時，她發現桌子底下有一個小玻璃盒。打開一看，裡面有塊很小的糕點，上面用葡萄乾精緻地排成兩個字：「吃我」。

「那我就吃吧！」愛麗絲說：「如果它能讓我變大，我就能拿到鑰匙了；如果它會讓我變得更小，那我就可以從門縫下面鑽進去。不論如何，我都可以進到花園裡去。反正不管怎麼變，我都不在乎。」

她只吃了一小口，就焦急地問自己：「是哪一種？是哪一種？」她用手摸摸頭頂，是變大還是變小呢？奇怪！怎麼沒變？於是，她又吃了一口，很快就把一整塊糕點吃光了。

為什麼心胸狹隘的人嘴巴都那麼寬？

Why is it that people with the most narrow of minds seem to have the widest of mouths?

路易斯·卡洛爾
Lewis Carroll

第二章　　眼淚池

「真是太不可思議了！」愛麗絲喊道，她發覺自己現在像根麵條似的不斷被拉長，她驚訝得目瞪口呆。

「現在我一定已經變成那個從最大的望遠鏡裡面看到的人了。再見了，我的雙腳！」她努力俯視自己的腳，它們已經遠得快看不見了。「哦，我可憐的腳啊！以後誰來給你們穿鞋和繫鞋帶呢？我是做不到了，我離你們太遠，沒法再照顧你們，以後你們只能自己照顧自己啦！」愛麗絲又想道：「不過我可得對它們好一點，否則它們可能會不肯走到我想去的地方。對了！每次聖誕節我都要送它們一雙新的長筒靴子。」

她繼續盤算著該怎麼送禮：「我得把禮物弄成包裹寄給它們，因為我離它們那麼遠。嘿，多滑稽！寄禮物給自己的腳，這地址寫起來可奇怪了，應該是：

壁爐邊擱腳欄杆上
愛麗絲的右腳　收
　　　愛麗絲寄

「哦，天啊，我在說什麼呀！」

就在這瞬間，她的頭正好撞上大廳天花板。現在她至少有九英尺高了。她急忙拿起小金鑰匙跑向小花園的門。

但是，可憐的愛麗絲！她現在只能側身躺在地下，用一隻眼睛往花園裡瞧，更不可能進去了。於是她又哭了。

「你不覺得丟臉嗎？」愛麗絲哭著對自己說：「像你這麼大的女孩還哭。馬上停止，我命令你！」但她還是不停的哭，掉下好幾加侖的眼淚。很快，眼淚在她身邊匯聚成一個

大池塘，足足有四英尺深，幾乎半個大廳都泡在淚水裡。

　　過了一會兒，她聽到遠處傳來一陣輕微的腳步聲，愛麗絲急忙擦乾眼淚，想看看是誰來了。

　　很快，腳步聲來到跟前，愛麗絲低頭望去，原來是剛才那隻白兔又回來了，這會兒牠打扮得很講究，一隻手裡拿著一雙白羊羔皮手套，另一隻手裡拿著一把大扇子，正急急忙忙地一路小跑過來。

　　白兔一邊跑，一邊喃喃自語地說：「快點！快點！我就要遲到了！那個公爵夫人，要是我讓她久等了，不知道會多生氣！」

　　愛麗絲希望有人能幫幫自己，因此，當白兔走近時，她怯生生地說道：「不好意思，先生……」可是愛麗絲忘記自己已經是個九英尺高的巨人，白兔被她嚇得驚慌失措，丟下白羊皮手套和扇子，拚命地逃走了。

　　愛麗絲撿起扇子和手套。這時屋裡很熱，她一邊搧著扇子，一邊自言自語說：「天啊！今天發生的事都好奇怪，昨天都還那麼正常，不知道我是不是昨天夜裡就變了？讓我想想：我早上起床時還是不是我自己呢？我想起來了，我早上就覺得有點不對勁。但是，如果我不是自己的話，那麼我會是誰呢？唉！這可真是個謎啊！」於是她開始逐一回想和她同齡的女孩，看看自己是不是變成誰了。

　　「我敢說，一定不是愛達，」愛麗絲說：「因為她有長長的捲髮，而我的頭髮一點也不捲。也肯定不是瑪貝爾，因為我知道很多事情，但她知道的事情卻少得可憐。天啊！這可把我搞迷糊了。我來試試看，還記不記得自己過去知道的事情。我來想看看：四五得十二；四六得十三；四七得……唉，這樣背下去永遠到不了二十，況且背乘法表也沒什麼意思。讓我試試地理：倫敦是巴黎的首都，而巴黎是羅馬的首

都，那羅馬是⋯⋯不，不，全錯了，我一定已經變成瑪貝爾了！我再來試試背一下課文吧⋯⋯」於是她把雙手交叉放在膝蓋上，就像平時背課文那樣，一本正經地背了起來：

小鱷魚多閃亮
保養尾巴好方法，
攪動尼羅河水
灌進牠片片金色的鱗甲！
小鱷魚多快樂
張開爪子多優雅，
邀請小小魚兒
游進牠溫柔微笑的嘴巴！

「我知道我一定背錯了，我真的變成瑪貝爾了！」可憐的愛麗絲含著眼淚說：「我得住在破房子裡，什麼玩具也沒有，還得學那麼多功課。不行！我決定了，如果我真變成瑪貝爾，我就一直待在這口井裡面，哪怕有人來救我，我也不上去，除非我再變成別的什麼人⋯⋯可是，老天！」愛麗絲突然哭了起來：「我還是希望有人來救我上去呀！我實在不想孤零零地待在這兒了！」

在說話時，她無意中看了一下自己的手，看到一隻手上戴著白兔的白羊羔皮手套，她覺得奇怪極了。「這是怎麼搞的？」她想：「我一定又變小了。」她趕緊站起來跑到桌子邊，量一量自己的身高，正如她猜測的那樣，她現在大約只有兩英寸高，而且還在迅速地縮小。她很快發現是手上那把扇子在作怪，於是她趕緊扔掉扇子，不然就會縮到一點也不剩了。

「好險！」愛麗絲說。她真的嚇壞了，但幸好自己還存

在。「現在，該去花園了！」她飛快的跑到小門那兒，但是小門又鎖上了，小金鑰匙一樣還放在玻璃桌上。

「現在更糟糕了，」可憐的小愛麗絲想：「我還從來沒有縮到這麼小過，這實在是太糟糕了！」

她說話時，突然滑了一跤，「撲通」一聲，鹹鹹的水已經淹到她的下巴。她的第一個念頭是：「掉進海裡了。」她對自己說：「那麼我可以坐火車回去了。」（愛麗絲只去過海邊一次，那裡有許多更衣間。有一些孩子在沙灘上用木鏟挖洞玩，還有一整排出租的住屋，住屋後面是個火車站，所以她認為英國任何一個海邊都是這個樣子。）然而，不久她就恍然大悟，自己是在一個眼淚池裡，這是她九英尺高時流出的眼淚。

「真希望我剛才沒有掉這麼多眼淚啊！」愛麗絲在眼淚池裡邊游邊說道：「現在我受到報應了，我的眼淚快把自己淹死啦！」

就在這時，她聽到不遠處傳來划水的聲音。愛麗絲游了過去，想看看是什麼？起初，她以為看到的是一隻海象或是河馬。然而，一想起自己變得多麼小，就明白過來，那不過是一隻老鼠，像自己一樣掉進淚水裡了。

「牠在這裡有用嗎？」愛麗絲想：「要跟一隻老鼠講話嗎？這井底下的事情都很奇怪，也許牠也會說話，不管怎麼樣，試試也沒害處。」於是，愛麗絲開口說：「你好，老鼠先生！你知道要從哪個方向才能游出池子嗎？我已經游得很累了。」

老鼠狐疑地看著她，好像還用一隻眼睛向她眨了眨，但沒說話。

「也許牠聽不懂英語。」愛麗絲想：「我敢說牠一定是一隻法國老鼠，牠是和『征服者威廉』一起來的。」（「征

服者威廉」是十一世紀的法國公爵，後來他征服並統一了英國。）於是，她又說起法語：「我的貓在哪兒？」這是她法文課本裡的第一個句子。老鼠一聽，突然跳出水池，嚇得渾身發抖。「請原諒我！我忘了你不喜歡貓。」愛麗絲趕緊大聲說，唯恐說到這隻可憐小動物的痛處。

「不喜歡貓？」老鼠情緒激動地尖叫：「假如你是我的話，你會喜歡貓嗎？」

「也許不會。」愛麗絲安撫著說：「別生我的氣了。但我還是希望你能夠見見我的貓咪黛娜，只要見到牠，你就會喜歡上貓了。牠是一隻可愛安靜的小東西！」愛麗絲一面慢慢地游著，一面自言自語地繼續說：「牠坐在火爐邊打呼嚕時真好玩，還會不時舔舔爪子、洗洗臉，摸起來軟綿綿的。還有，牠很會抓老鼠……哦，請你原諒我！」這次真把老鼠氣壞了。愛麗絲趕緊對老鼠說：「如果你不高興，我們就不說牠了。」

「誰跟你是『我們』啊！」老鼠大喊，氣得連尾巴都發抖了。「好像我願意說似的！我們家族都仇恨貓這種可惡、下賤、粗鄙的東西！別再讓我聽到這個名字了！」

「我不說了，真的！」愛麗絲說著，急忙地改變話題：「你喜歡……喜歡……狗嗎？」老鼠沒回答，於是，愛麗絲熱心地一直說下去：「告訴你，我家附近有一隻眼睛明亮的小獵狗，牠有著長長的棕色捲毛，不但會接住你扔的各種東西，還會坐立起來跟你討東西吃，更會玩各式各樣的把戲。牠的主人說牠非常有用，價值一百英鎊呢！聽說牠能殺死所有的老鼠，還能……哦，天啊！」愛麗絲內疚地說：「我恐怕又惹你生氣了。」這時老鼠已經拚命地游遠了。

愛麗絲跟在老鼠的後面，低聲下氣地說：「親愛的老鼠先生，我求你回來吧！你不喜歡的話，我們再也不談貓和狗

了！」老鼠聽見這話，轉過身慢慢向她游了回來，臉色蒼白顫抖著說：「我們上岸去吧！然後我將我的故事告訴你，這樣你就會明白為什麼我這麼痛恨貓和狗了。」

是該走了，因為池子裡已經擠滿一大群掉進來的動物：有一隻鴨子、一隻渡渡鳥、一隻鸚鵡和一隻小鷹，還有其他一些稀奇古怪的動物。

愛麗絲領著路，和大家一起往岸邊游去。

第三章　暖身賽跑和無盡的故事

這一大群動物在岸上集合，鳥兒們的羽毛不停滴水、小動物們的毛緊貼在身上。他們全身濕淋淋、筋疲力盡，東倒西歪的，非常狼狽。

現在最重要的一件事情當然就是：怎樣才能儘快把身子弄乾。對於這個問題，他們聚在一起商量了一會兒。

沒幾分鐘，愛麗絲就和牠們混熟了，好像和牠們早就認識似的。愛麗絲甚至和一隻鸚鵡辯論了好長時間，最後鸚鵡生氣了，一直不停地說：「我年齡比你大，肯定比你知道得多。」可是愛麗絲不同意這點，因為愛麗絲根本不知道牠的年齡，而鸚鵡又拒絕透露自己的年齡，於是他們就再也無話可說了。

最後，那隻老鼠（牠在他們當中好像很有威嚴似的）喊道：「全部坐下，聽我說，我很快就會把你們弄乾的！」大家立即坐下來，圍成一個大圈，把老鼠圍在中央。愛麗絲焦急地盯著牠，她很清楚，如果濕衣服不趕快弄乾的話，會得重感冒的。

「咳，咳！」老鼠煞有介事地說：「都準備好了嗎？我要來說一個最『乾巴巴』的故事，請大家安靜。『征服者威廉』受到教皇支持，不久就征服了英國，英國人也需要有人領導，而且已經被篡位和征服習慣了。麥西亞和諾桑比亞的伯爵愛德溫和莫卡……（兩人原是英王的姻親，英王戰死後倒戈支持威廉。）」

「啊呃……」鸚鵡打了個冷顫。

「對不起！」老鼠皺了皺眉頭，但很有禮貌地問：「你有什麼話要說嗎？」

「我沒有話要說！」鸚鵡急忙答道。

「我還以為你有話要說呢！」老鼠說：「那我繼續講。這兩個地方的伯爵愛德溫和莫卡都宣稱支持威廉，甚至是坎特伯里的愛國大主教斯蒂坎德，也發現這是對的……」

「發現什麼？」鴨子問。

「發現『這』，」老鼠有點不耐煩地回答：「你當然知道『這』的意思吧。」

「在我發現什麼吃的東西時，我當然知道『這』是指什麼。『這』通常指的是一隻青蛙或一條蚯蚓，我現在的問題是：大主教發現了什麼？」鴨子說。

老鼠沒理會鴨子的問題，繼續講牠的故事：「……發現應該和愛德格·亞瑟陵王一起迎接威廉，並授予他皇冠。威廉的行動起初還有點節制，可是他那諾曼人的傲慢……你感覺怎麼樣了？親愛的！」牠突然轉向愛麗絲問道。

「跟原來一樣濕。」愛麗絲不開心地說：「你講這個故事，一點都沒辦法把我的身體弄乾。」

「在這種情況下，本席提議議程暫停，並為當前情況立即採取更有效的措施。」渡渡鳥站起來，嚴肅地說。

「好好說話！」小鷹說：「你說這一大串話的意思，我半句都聽不懂！更重要的是，我不相信你自己會懂。」小鷹說完後低下頭偷偷笑了，有些鳥兒也咯咯笑了出來。

「我說的是，能讓我們把濕衣服弄乾的最好辦法，是來場會議式賽跑。」渡渡鳥惱怒地說。

「什麼是會議式賽跑？」愛麗絲問，愛麗絲本來不想多問，不過渡渡鳥說到這裡就打住了，似乎等著別人發問，但偏偏又沒人想問牠。

渡渡鳥說：「對，為了說明，最好的辦法就是我們親自做一遍。」

首先，牠在地上畫出一個比賽的跑道，形狀有點像個圓

圈。牠說：「形狀無論像什麼都沒關係。」然後，大家在圈子內隨意找個地方站著，也不用說「一，二，三，開始！」誰想開始就開始，誰想停下就停下。所以，也不清楚這場比賽什麼時候結束。

他們跑了半小時左右，衣服大致都乾了，這時渡渡鳥喊道：「比賽結束！」眾人喘著氣圍攏過來，不停追問：「誰贏了？誰贏了？」

這個問題，渡渡鳥得好好考慮一下才能回答。因此，牠坐了下來，用一根指頭撐著前額想了好久，大家都靜靜地等著。最後，渡渡鳥說：「每個人都贏了，所以每個人都有獎品！」

「那麼，誰要給獎品呢？」大家齊聲問。

「誰？當然是她啊！」渡渡鳥用一根手指頭指著愛麗絲說。於是，這一大群動物立刻圍住愛麗絲，七嘴八舌地喊：「獎品！獎品！」

愛麗絲不知道該怎麼辦才好，她無可奈何地把手伸進衣服的口袋。嘿！還有一盒糖果，真幸運！居然沒讓淚水給浸透。她把這些糖果當作獎品，發送給大家。正好每位分到一塊糖果。

「可是她自己也應該有一份獎品啊！」老鼠說。

「那當然！」渡渡鳥非常嚴肅地回答：「你的口袋裡還有別的東西嗎？」牠轉向愛麗絲問道。

「只有一個頂針了。」愛麗絲傷心地說。

「把它拿來。」渡渡鳥說。

於是，大家又團團圍住愛麗絲，渡渡鳥接過頂針後，莊重地把它交到愛麗絲手上，說：「我們懇請你接受這只精緻的頂針。」這句簡短的話一說完，大家都一起歡呼了起來。

愛麗絲認為這整件事情非常荒唐，但牠們看起來卻十分

認真，她也不敢笑，而且一時間又想不出該說什麼話，只好鞠個躬，儘量裝得一本正經，接過頂針。

接下來就是把糖果吃了，但這又引起了一陣吵鬧。大鳥們抱怨還沒嚐出味道，糖果就沒了；小鳥們被糖塊噎著，還得別人替牠們拍背，把糖塊吐出來。

不管怎麼說，最後，糖果總算吃完了。他們又圍坐成一個大圓圈，請老鼠再講點故事。「你記得嗎？你答應過要講你的經歷，」愛麗絲說：「和你為什麼痛恨……痛恨『喵』和『汪』呀！」她壓低聲音加了這句話，怕說出貓和狗兩個字會惹老鼠生氣。

「我的故事是一個悲傷的故事，說來話長。」老鼠感歎地對愛麗絲說。

愛麗絲沒有聽清楚這句話，她看著老鼠細長的尾巴納悶著想：「那確實是根長尾巴，可是為什麼說長尾巴是悲傷的呢？」（在英語裡，「故事 TALE」和「尾巴 TAIL」發音相同，所以愛麗絲搞錯了。）

在老鼠講故事的整個過程中，愛麗絲還一直為這問題納悶，因此，她在腦子裡就把整個故事想像成了這樣：

獵狗對屋子裡的一隻老鼠說道：「跟我到法庭去，我要起訴你，我不睬你的狡辯，定要審個明白，因為我今早實在閒得發慌。」

老鼠對這個不講理的惡狗說：「這樣的審判，既沒有陪審員，又沒有法官，不過是浪費時間。」

獵狗說：「我就是陪審員，我就是法官，我一個人審完全案。定你死罪就是我對你的審判！」

「你根本沒有在聽！」老鼠嚴厲地對愛麗絲說：「你在

想什麼呢？」

「請原諒我！」愛麗絲心虛地說：「我想你已經拐到第五個彎了？」

「還有一大截呢！」老鼠非常生氣，厲聲說道。

「一個大『結』？」愛麗絲說。這個隨時準備幫助別人的熱心小姑娘，立刻焦急地尋找起來：「哦，結在哪裡？讓我幫你解開。」

「我什麼結都沒有，你這些廢話侮辱了我！」老鼠生氣地說著，站起身走了。

「我沒有侮辱你的意思！可是你也太容易生氣了！」可憐的愛麗絲辯解道。

老鼠咕嚕了一聲，沒理她，走了。

「請你回來講完你的故事！」愛麗絲喊道。其他動物也齊聲說：「是啊！請回來吧！」但是，老鼠只是不耐煩地搖著腦袋，走得更快。

「牠走了，多可惜啊！」當老鼠走得看不見的時候，鸚鵡歎息地說道。老螃蟹也趁這個機會對女兒說：「哦，親愛的，這是一個教訓，告訴你以後永遠都不要發脾氣。」

「別說了，媽！你這麼囉嗦，連牡蠣也忍受不了。」小螃蟹沒好氣地反駁道。

「我多麼希望我的黛娜在這兒呀！」愛麗絲對自己大聲說道：「牠一定會馬上把老鼠抓回來的！」

「請允許我冒昧問一下，黛娜是誰呢？」鸚鵡說。

愛麗絲隨時都很樂意談論她心愛的小寶貝，所以她歡快地回答：「黛娜是我的貓，牠抓老鼠可厲害了，你們簡直無法想像。嘿！我還希望你看看牠是怎麼抓鳥的：牠只要看見一隻鳥，一眨眼就會把牠吃到肚子裡去！」

這話惹得大家驚慌不已，有些鳥慌忙離開，老喜鵲小心

翼翼地把自己裹緊，解釋道：「我必須回家了，晚上的空氣讓我的喉嚨感到不舒服。」

金絲雀發抖著呼喚牠的孩子：「走吧！親愛的，你們早該睡覺了。」牠們全都在各種藉口下走掉了。不久，又只剩下愛麗絲孤伶伶一個人了。

「我剛才要是不提黛娜就好了！」愛麗絲傷心地對自己說：「這裡好像沒有動物喜歡牠。唉！只有我知道牠是世界上最好的貓。啊！我親愛的黛娜，真不知道還會不會再見到你！」說到這裡，可憐的小愛麗絲眼淚又流出來了，她感到非常孤獨和沮喪。

過了好一會兒，總算聽見遠處傳來腳步聲。她眼巴巴地抬起頭，盼望是老鼠改變主意，回來講完牠的故事。

第四章　小比爾飛出煙囪！

原來是那隻白兔！牠又慢慢地走回來了。

牠在剛才走過的路上焦急地尋尋覓覓，好像在找什麼東西，愛麗絲還聽到牠在嘀咕：「公爵夫人，公爵夫人！她一定會把我的腦袋砍下來的，一定會！唉，我親愛的小爪子呀！我光滑的毛皮和可愛的鬍鬚呀！可是，我究竟是在哪兒弄丟的呢？」

愛麗絲馬上就猜到牠在找那把扇子和那雙羊皮手套，於是，她也好心地幫忙到處尋找，但也沒找到。從她掉進眼淚池之後，好像所有東西都變了，就連那個有著玻璃桌子和小門的大廳也不見了。

當愛麗絲還在到處尋找的時候，兔子看見了她，並生氣地對她喊道：「喂！瑪麗安，你在這裡幹什麼？馬上跑回家把手套和扇子拿來。趕快去！」愛麗絲嚇得要命，顧不得去解釋牠的誤會，便趕緊照牠指的方向跑去。

「牠把我當成牠的女僕了。」她邊跑邊對自己說：「要是牠以後發現我是誰的話，一定會嚇一大跳！可是，我最好還是幫牠把手套和扇子拿去——要是我能找到的話。」

說著說著，她來到一幢整潔的小房子前，門上掛著一塊明亮的黃銅小牌子，上頭刻著「白兔寓」。她沒有敲門就進去了，接著便急忙往樓上跑，生怕碰上真正的瑪麗安，在還沒有找到手套和扇子之前，就被趕了出去。

「這真是奇怪，幫一隻兔子跑腿！」愛麗絲對自己說：「我看下一回就該輪到黛娜使喚我了。」

於是她開始想像那情景——

『愛麗絲小姐，快點過來，準備去散步。』

『我馬上就來，奶媽！可是在黛娜回來之前，我還得看

著老鼠洞，不許老鼠出來。』

「不過，假如黛娜像這樣使喚人的話，他們就不會讓牠繼續待在家裡了。」

這時，她已經走進一間整潔的小房間，靠窗的位置有張桌子，桌子上正如她希望的那樣，有一把扇子和兩、三雙很小的白羊皮手套。她順手拿起扇子和一雙手套。當她要離開房間的時候，目光正好落在鏡子旁邊的一個小瓶子上。這次瓶子上沒有「喝我」的字樣，愛麗絲卻拔開瓶塞，直接往嘴裡倒。她想：「每次我吃、喝一點東西，總會發生一些有趣的事，不知道喝下這瓶會發生什麼事？我真希望它會讓我長大。現在這個小不點的模樣，真讓人厭煩。」

小瓶子真的讓她變大了，而且比她想像的還快！她還喝不到一半，頭就已經碰到了天花板。她必須立刻停下，不能再喝了！不然脖子就要被折斷了！愛麗絲趕緊扔掉瓶子，對自己說：「現在已經夠了，不要再長了，不過就算是現在這樣，我也已經出不去了。唉，剛才不應該喝那麼多的！」

但已經太遲了！她繼續長啊！長啊！沒一會兒就得跪在地板上了。一分鐘後，她必須躺下來，一隻手撐在地上，一隻手抱著頭。可是她還在長，沒辦法，她只得把一隻手臂伸出窗子，一隻腳伸進煙囪，然後對自己說：「要是還繼續長的話怎麼辦？我會變成什麼樣子呢？」

幸運的是，這個小魔瓶終於發揮完作用，她不再長了。不過，看來她已經不可能從這個房子出去了。

「我在家的時候多舒服呀！」可憐的愛麗絲想：「在家裡我不會一會兒變大、一會兒變小，也不會被老鼠和兔子使喚。如果我沒有鑽進這兔子洞就好了，可是……可是這種生活是那麼的離奇，我還會變成什麼呢？讀童話故事時，我總認為那種事情永遠不會發生，可是現在自己竟然就在童話故

事裡。應該要有一本關於我的童話，等我長大之後……可是我現在已經長大了啊！」她又傷心地加了一句：「至少這兒已經沒有讓我再長的餘地了。」

「可是，」愛麗絲想：「我現在已經夠大了，以後也不會再長了！這也挺不錯，我永遠不會成為老太婆了。可是這樣，就得一直去上學。唉，這我可不願意！」

「啊，你這個傻愛麗絲！」她又回答自己：「你在這兒怎麼可能去上學呢？這間房子都差點裝不下你，哪還有放書本的地方呢？」

她就這樣不停地說，先假裝成這個人，又假裝成另一個人，就這樣對談了一大堆話。直到幾分鐘後，她聽到門外有聲音，才停下來去聽那個聲音。

「瑪麗安！瑪麗安！」那個聲音喊道：「趕快把我的手套拿來！」然後是一連串小腳步的聲音跑上樓梯。愛麗絲知道是兔子來找她了，她嚇得渾身發抖，連屋子都一起搖晃起來。其實，她忘了自己現在比兔子大了將近一千倍。

兔子到了門外，想推開門，但是門是往內開的，愛麗絲的手肘正好頂著門，兔子推也推不動，愛麗絲聽到牠自言自語地說：「繞到旁邊從窗子爬進去好了。」

「你休想。」愛麗絲暗忖。她等了一會兒，聽見兔子走到窗戶下，便突然張開手，在空中抓了一把。雖然她沒有抓住任何東西，卻聽到一聲尖叫和摔倒的聲音，還有撞破玻璃的聲響。從聲音聽來，她猜兔子是摔進溫室之類的地方了。

接著就聽兔子氣惱地喊：「派特！派特！你在哪裡？」然後，響起一個陌生的聲音：「是，老爺！我在這兒挖蘋果呢！」（他指的可能是「愛爾蘭馬鈴薯」Irish potatoes，又稱為 Irish apples。）

「哼！還挖蘋果呢！」兔子氣呼呼地說：「你快到這裡

來，把我拉出去！」接著又是一陣玻璃破碎的聲音。

「告訴我，派特，窗子裡那是什麼東西？」

「是一隻手臂，老爺！」

「一隻手臂！你這個傻瓜，哪有這樣大的手臂？整個窗戶都被塞滿了！」

「是的，老爺，但那確實是一隻手臂。」

「別囉嗦了，趕快把它給我移開！」

外面突然沉寂許久，愛麗絲只能偶爾聽見幾句低聲的話語，如：「我怕，老爺，我真怕！」、「照我說的做，你這個膽小鬼！」最後，愛麗絲又張開手，在空中抓了一把，這次聽到兩聲尖叫和更多撞破玻璃的聲音。「這裡一定有很多玻璃溫室！」愛麗絲心想：「不知道牠們下一步要做什麼？是不是要把我從窗子裡拉出去？我真希望牠們能成功，我實在不願意再這樣待下去了！」

她等了一會兒，沒有聽到什麼聲音。最後才終於傳來小車輪的滾動聲，以及許多人七嘴八舌的嘈雜聲。

「另外一個梯子呢？」

「嗯，我只拿了一個，另一個比爾拿著。」

「比爾，把梯子拿過來，小夥子！到這兒來，放到這個角落。」

「不對，先綁在一起，現在還沒一半高呢！」

「對，夠了，你別挑剔了！」

「比爾，這裡，抓住這條繩子⋯⋯屋頂承受得了嗎？」

「小心！那塊瓦片鬆了！」

「掉下來了！低頭！」（巨大的響聲）

「現在誰來弄？」

「我認為比爾比較適合，牠可以從煙囪裡下去。」

「不，我不要！」

「快去！」

「我不要⋯⋯」

「讓比爾下去⋯⋯比爾！主人說讓你下煙囪去！」

「喔，這麼說，是比爾要從煙囪下來囉？」愛麗絲對自己說：「嘿，牠們好像把什麼事情都推到比爾身上，要是我才不肯呢！說真的，這個壁爐真窄，不過我還是可以稍微踢一下的。」

她把伸進煙囪裡的腳收了收，等聽見一個小動物在煙囪裡連滾帶爬地接近她的腳上方，她想：「這就是比爾了。」同時狠狠踢上一腳，然後等著看接下來會發生什麼事。

她先是聽到一片叫嚷聲：「比爾飛出來啦！」然後是兔子的聲音：「喂，籬笆邊的人，快幫忙接住牠！」靜了一會兒，又是一片亂哄哄：「扶起牠的頭，快！白蘭地！⋯⋯別害牠嗆到！⋯⋯怎麼樣了，老朋友？剛才你碰見什麼了？快告訴我們！」

最後傳來的是一個微弱的聲音（愛麗絲認為這一定是比爾）：「唉，我什麼也不知道⋯⋯謝謝你，我感覺已經好多了⋯⋯我太緊張了，說不清楚，我只知道⋯⋯不知道什麼東西，就像玩具盒裡的彈簧人偶一樣彈過來，然後，我就像火箭一樣飛了出來！」

「沒錯，老朋友！你真的就像火箭一樣。」另外一個聲音說。

「我們必須把房子燒掉！」是兔子的聲音。聽到這，愛麗絲竭力喊道：「你們敢這樣做，我就放黛娜來咬你們！」

緊接著是一片死寂。愛麗絲心想：「不知道牠們下一步想幹什麼，如果牠們夠聰明的話，就應該先把屋頂拆掉。」過了一、兩分鐘，牠們又開始走動了，愛麗絲聽到兔子說：「先用一車好了。」

「一車什麼呀？」愛麗絲納悶地想，但沒多久她就明白了，小石頭像暴雨似的從窗戶被扔進來，有些小石頭還打在她臉上。「好痛！我必須要讓牠們住手。」她對自己說，然後大聲喊道：「你們給我住手！」這一聲喊叫後，又是一片寂靜。

愛麗絲驚訝地注意到，那些小石頭掉到地板上，全部變成了小糕點。她的腦中立即閃過一個好主意：「也許我吃一塊就會變小了。反正現在我已經不可能再變大了。如果是這樣，它一定會讓我變小的。」

於是，她吞了一塊糕點，很開心自己在迅速縮小。在小到剛好能夠走出門口的時候，她馬上跑出了屋子。她看到一群動物和鳥守在外面，那隻可憐的小壁虎比爾在中間，被兩隻豚鼠扶著，牠們正從瓶子裡倒出東西餵牠。發現愛麗絲出現的那瞬間，牠們全部向她衝了過來。愛麗絲拚命地跑，總算逃離了牠們。不久後，她平安來到一座茂密的樹林。

漫步在樹林中，愛麗絲對自己說：「我現在要做的第一件事，就是把自己變回正常大小；第二件事就是，找到通往那個美麗花園的路。我想，這是最好的計畫了。」

聽起來，這真是個不錯的計畫，安排得美妙又簡單；唯一的困難是，她不知道要怎麼做。正當她在樹林中著急地四處張望時，頭頂上突然傳來尖細的狗吠聲。她急忙抬頭往上看，是一隻巨大的小狗，正瞪著又大又圓的眼睛望著她，還輕輕地伸出一隻爪子想抓她。

「可憐的小東西呀！」愛麗絲用哄小孩的聲調說，一邊還努力地對牠吹口哨。但實際上，她心裡怕得要命，因為她想牠有可能餓了。如果是這樣，不管她怎麼哄牠，還是很有可能被牠吃掉。

她拾起一根小樹枝伸向小狗，那隻小狗立刻跳起來汪汪

叫，開心地衝向樹枝，張口就想咬。愛麗絲急忙躲進一排薊
樹叢後面，生怕被小狗撞倒。

　　她才閃身躲過，小狗又撲了過來。這次牠衝得太急，不
但沒咬到樹枝，還翻了個筋斗。愛麗絲覺得好像在跟一匹馬
玩耍，隨時有被牠踩在腳下的危險。因此，她又繞著薊樹叢
繼續閃躲。那隻小狗發動一連串的衝刺，每次都衝過頭，然
後又退得好遠，牠大聲的狂吠，最後在離愛麗絲遠遠的地方
坐了下來，喘著氣，舌頭伸在嘴外，也半閉著那雙大眼睛。

　　這是愛麗絲逃跑的好機會，於是她轉身就跑，一直跑到
喘不過氣，小狗的吠聲也快聽不到了，才停下來。

　　「不過，那隻小狗真可愛啊！」愛麗絲靠在一棵毛茛上
休息，用一片毛茛葉搧著風納涼，「要是我和平常一樣大就
好了，真想教牠玩許多把戲呢！天啊，我差點忘了我還得想
辦法再長大呢！讓我想一想，這要怎麼做啊？我應該要吃點
或喝點什麼東西，但究竟是什麼呢？」

　　確實，最大的問題就是：要吃什麼或喝什麼呢？愛麗絲
看看周圍的花草，並沒有可吃或能喝的東西。離她不遠的地
方，有一棵大蘑菇，和她差不多高。她打量了蘑菇底下、邊
沿、背面，還想到應該看看上面有什麼東西。

　　她踮起腳尖，沿蘑菇邊緣朝上一瞧，立刻瞧見一隻藍色
大毛毛蟲，正環抱雙臂坐在那兒，靜靜地吸著一根長長的水
煙管，根本沒注意到她和其他事情。

如果你不知道你想去哪裡，
那你走哪條路都沒有關係。

If you do not know where you want to go,
it doesn't matter which path you take.

路易斯・卡洛爾
Lewis Carroll

第五章　毛毛蟲的建議

　　毛毛蟲和愛麗絲沉默地對望了好一會兒。最後，毛毛蟲從嘴裡拿出水煙管，用倦怠的、懶洋洋的語氣和她說話。

　　「你是誰？」毛毛蟲問。

　　這開場白真讓人尷尬。

　　愛麗絲怪不好意思地回答：「……我也不清楚，先生。今天早上起床時，我還知道我是誰，可是後來我已經變了好幾回了。」

　　「你這話是什麼意思？」毛毛蟲嚴厲地說：「你自己解釋一下！」

　　「先生，我沒辦法解釋。」愛麗絲說：「我已經不是我自己了，您知道的。」

　　「我不知道。」毛毛蟲說。

　　「我不知道要怎麼解釋清楚。」愛麗絲非常有禮貌地回答：「因為我真的不知道是怎麼回事。一天裡變大變小好幾次，把我完全搞糊塗了。」

　　「我不這麼認為。」毛毛蟲搖了搖頭。

　　「唉，也許你還體會不到。」愛麗絲說：「可是，當你哪一天變成蛹——你知道自己總有一天會這樣的——之後又變成一隻蝴蝶時，我想你也會感到有點奇怪的，是不是？」

　　「一點也不會。」毛毛蟲說。

　　「可能你的感覺和我不一樣。」愛麗絲說：「這些事讓我覺得非常奇怪。」

　　「你？」毛毛蟲輕蔑地說：「你是誰？」

　　這句話又讓他們的談話繞回到最一開始的問題。對於毛毛蟲那些非常簡短的回答，愛麗絲有點不高興，她挺直身子一本正經地說：「你應該先告訴我，你是誰？」

「為什麼？」毛毛蟲說。

這又成為了一個難題，愛麗絲想不出什麼好理由來回答牠。看來，毛毛蟲似乎非常不樂意談話，因此愛麗絲轉身想要走了。

「回來！」毛毛蟲在她身後叫道：「我有幾句很重要的話要跟你講！」這句話勾起愛麗絲的好奇心，於是她又走了回來。

「別發脾氣嘛！」毛毛蟲說。

「就是這句話嗎？」愛麗絲忍住怒氣問道。

「不。你認為你已經變了，是嗎？」毛毛蟲說。

「我想是的，毛毛蟲先生。」愛麗絲說：「我平時知道的事，現在都忘了。甚至，我連保持這個大小十分鐘都可能做不到。」

「你忘了些什麼？」毛毛蟲問。

「我想要背誦《小蜜蜂》，可是背出來全走樣了！」愛麗絲傷心地回答。

「那你背看看《威廉爸爸你老了》吧！」毛毛蟲說。

於是愛麗絲交握雙手，開始背誦：

年輕人說：
威廉爸爸您老啦！
頭上已經白髮斑斑，
還在頭下腳上倒立，
這把年紀受得了嗎？

爸爸回答兒子：
年輕時怕傷了腦子，
現在腦袋已經空空，

我便這樣玩個不停。

年輕人說：
威廉爸爸您老啦！
已經變得又肥又胖，
卻一個空中旋轉進門，
究竟是怎麼辦到的？
爸爸甩甩灰髮說：
年輕關節保持靈活，
用一先令一盒油膏，
要不我賣兩盒給你？

年輕人說：
威廉爸爸您老啦！
下巴弱得喝稀湯，
吃鵝卻連骨啃光，
到底怎麼做到？

爸爸說：
年輕時我讀法律，
常和太太辯論法案，
練得下巴肌肉發達，
一輩子都受用無窮。

年輕人說：
威廉爸爸您老啦！
眼睛竟這般明亮，
把鰻魚頂在鼻尖，

您怎麼會這麼棒？

他的爸爸說：
夠了，不要太放肆！
我已回答三個問題，
你別整天喋喋不休，
不走就一腳踢下樓！

「背錯了！」毛毛蟲說。

「我自己也覺得不對。」愛麗絲羞怯地說：「有些字背錯了。」

「從頭到尾都錯了！」毛毛蟲很不客氣地說。然後他們又安靜下來了。

過了幾分鐘後，毛毛蟲主動打破沉默說：「你想變成什麼大小？」

「大小我倒不在乎。」愛麗絲急忙回答：「可是，沒有人會喜歡一直變來變去的，您知道的。」

「我不知道。」毛毛蟲說。

愛麗絲從來沒有像這樣一直被反駁過，她覺得自己快要發脾氣了。

「你滿意現在的樣子嗎？」毛毛蟲說。

「哦，如果你不反對的話，先生，我想再大一點。」愛麗絲說：「像這樣只有三英寸高，實在是太可憐了。」

「這個高度剛剛好！」毛毛蟲生氣地說，牠說話時還用力地挺直身子，正好是三英寸高。

「可是我不習慣這個高度！」愛麗絲可憐巴巴地說，同時心裡想：「希望這傢伙別這麼容易生氣。」

「你很快就會習慣的。」毛毛蟲說著，又把水煙管放進

嘴裡抽了起來。

　　幾分鐘後，毛毛蟲打了個哈欠，搖搖身子，然後從蘑菇上爬下來，爬過草地，嘴裡說著：「一邊會使你長高，另一邊會使你變矮。」

　　「什麼東西的一邊，什麼東西的另一邊？」愛麗絲琢磨著毛毛蟲的話。

　　「當然是蘑菇。」毛毛蟲說完話後，一眨眼就不見了。

　　愛麗絲仔細端詳著那個蘑菇，思考著哪裡是它的兩邊，因為它長得很圓。最後，她伸開雙臂環抱著它，然後兩隻手分別掰下一塊蘑菇邊。

　　「現在哪塊是哪邊呢？」她問自己。她先啃了口右手那塊，突然，她覺得下巴被狠狠撞了一下，原來是她的下巴碰到腳背了。她非常害怕，這縮得實在是太快了，再不抓緊時間就會縮得一點也不剩。於是，她立即去吃另一塊，雖然下巴和腳背緊緊頂在一起，讓她幾乎張不開口，不過最後總算是啃了一點左手的蘑菇。

　　「啊，我的頭自由了！」愛麗絲高興地說，可是轉眼間高興就變成恐懼。因為，她發現她找不到自己的肩膀了，往下看時，只能看見長長的脖子，就像是一根花莖高高地聳立在一片綠色海洋上方。

　　「下面那片綠色是什麼東西啊？」愛麗絲說：「我的肩膀呢？哎呀！我怎麼看不到我可憐的雙手了？」她邊說邊揮動雙手，可是除了遠處的綠樹叢微微晃動之外，什麼也沒有發生。

　　看來她是沒辦法把手舉到頭上了。於是，她試著把頭彎下去向手靠近。她開心地發現自己的脖子像蛇一樣，可以上下左右隨意扭轉。

　　她把脖子彎下，變成一個「Ｓ」形，準備一頭伸進那片

綠色海洋裡去。她發現這片綠色海洋不是別的，正是自己剛才漫遊其中的那片樹林。

突然，一聲尖銳的嘶啼聲讓她急忙縮回頭。只見一隻大鴿子朝她的臉飛來，搧著翅膀瘋狂地拍打。

「蛇！」鴿子尖叫著。

「我不是蛇！」愛麗絲生氣地說：「你走開！」

「我再說一遍，蛇！」鴿子低聲重複，還嗚咽地加了一句：「我各種方法都試過了一遍，但是沒有一樣能叫牠們滿意的！」

「你在說什麼？我完全聽不懂！」愛麗絲說。

「我試了樹根、試了河岸、還試了籬笆，」鴿子不理會愛麗絲，繼續說著：「可是這些蛇！牠們就是不滿意！」

愛麗絲越聽越覺得奇怪，但是她知道，鴿子不說完自己的話，是不會讓別人說話的。

「光是孵蛋就夠麻煩了。」鴿子說：「我還得防備蛇的偷襲，天啊！我這三個星期都還沒闔過眼呢！」

「真可憐。」愛麗絲開始有點明白牠的意思了。

「我才剛把家搬到這樹林中最高的樹上，」鴿子越說越大聲，最後甚至尖聲吶喊起來：「我原以為自己已經擺脫牠們了，結果牠們還非要彎彎扭扭的，從天上下來不可。這些蛇呀，唉！」

「我可不是一條蛇，我告訴你！」愛麗絲說：「我是一個……我是一個……」

「那你是什麼？」鴿子說：「我看得出來你正想編謊話哩！」

「我是一個小姑娘。」愛麗絲猶豫地說，因為她想起自己這一天經歷過那麼多次變化，可不像是一個小姑娘。

「說得還真像一回事啊！」鴿子十分輕蔑地說：「我這

輩子看過許多個小姑娘，從來沒有一個長著像你這樣的長脖子！沒有，絕對沒有！你是一條蛇，辯解也沒用，我知道你還要告訴我，你從來沒有吃過一顆蛋吧！」

「我確實吃過許多的蛋，」誠實的愛麗絲說：「可是你知道，小姑娘也像蛇那樣，要吃好多蛋的。」

「我不相信！」鴿子說：「假如她們吃蛋的話，我只能說她們也是一種蛇。」

這對愛麗絲來說真是個新的概念，她呆愣了幾分鐘。

於是鴿子趁機加上一句：「反正你是在找蛋，因此，你是姑娘還是蛇，對我都一樣。」

「這對我來說很不一樣！」愛麗絲急忙辯解：「而且老實說，我不是在找蛋。就算我在找蛋，我還不要你的呢！我不吃生蛋。」

「哼，那就滾開！」鴿子生氣地說，然後就飛下去鑽進牠的窩裡。

愛麗絲費勁地往樹林裡蹲低，因為她的脖子常常會被樹叉勾住，必須隨時停下來把脖子從樹枝上解開來。過了一會兒，她想起手裡的兩塊蘑菇。於是，她小心地咬咬這塊，又咬咬那塊。因此她長高了一點，又縮小了一點，最後終於變回到正常的身高。

可憐的愛麗絲這段時間變化太多次，所以剛恢復正常身高，她還感覺有點怪怪的，不過幾分鐘之後就習慣了。

然後她又像平常那樣和自己說起話來：「現在我的計畫完成了一半。這些變化太奇怪了，我都不知道下一分鐘，自己會變成什麼樣子。不管怎麼樣，現在我總算變回原來的大小，下一件事，就是去找那個美麗花園。可是，我不知道該怎麼去呀？」

說著說著她來到了一片開闊的土地，那裡有一間四英尺

高的小房子。

「不管是誰住在這裡，」愛麗絲想：「現在我這個大小可不能進去，否則準會把他們嚇得魂飛魄散。」

她小口小口地吃了一點右手的蘑菇，直到自己變成九英寸高，才朝那間小房子走過去。

第六章　小豬寶寶和胡椒廚房

　　她站在小房子前面看了幾分鐘，想著下一步該做什麼。突然間，一個穿著制服的男僕從樹林裡跑了出來（她之所以認為他是一個男僕，是因為他穿著僕人的制服，但如果只看他的臉，她會把他看成是一條魚），他用腳使勁踢著門。另一個穿著制服、臉蛋圓圓的、眼睛像青蛙一樣的僕人打開了門。愛麗絲非常想知道到底是怎麼回事，於是就從樹叢裡探出頭來聽他們在說些什麼。

　　魚僕人從手臂下面拿出一封很大的信，這封信幾乎和他的身子一樣大，他把信遞交給那個青蛙僕人，以莊嚴地聲調說：「致公爵夫人：王后邀請她去玩槌球。」

　　那位青蛙僕人把語序變了一下，用同樣莊嚴的聲調重複說：「王后的邀請：請公爵夫人去玩槌球。」

　　他們倆互相深深地鞠了個躬，然後魚僕人就走了。另一位坐在門口地上，呆呆地望著天空出神。

　　愛麗絲怯生生地走到門口，敲了敲門。

　　「敲門沒用。」那位僕人說：「有兩個原因：第一，因為我和你一樣，都在屋外。第二，他們在屋裡吵吵嚷嚷，根本不會聽到敲門聲。」確實，屋裡傳來很奇特的吵鬧聲：有不斷的哭嚎聲，有打噴嚏聲，還有不時打碎東西的聲音，聽起來像是盤子或瓷壺被砸得粉碎。

　　「那麼，請告訴我，」愛麗絲說：「我要怎麼做才能進去呢？」

　　「如果這扇門在我們之間，你敲門，可能還有意義。」那僕人沒去注意愛麗絲，繼續說道：「比如，你在裡面而我在外面，你在裡面敲門的話，我就能打開門讓你出來。」

　　他說話時，一直盯著天空，愛麗絲認為這是很不禮貌的

行為。「不過也許他也是不得已的，」她對自己說：「他的兩隻眼睛幾乎長到頭頂上了，不過這應該不妨礙他回答我的問題。」

於是，她又大聲重複了一遍：「我該怎樣進去呢？」

那個僕人繼續說他自己的：「我就坐在這裡，一直到明天……」。

就在這時，房子的門打開，一個大盤子朝僕人的腦袋飛來，掠過他的鼻子，砸碎在他身後的一棵樹上。

「或者再過一天。」僕人繼續用同樣的口吻說著，彷彿什麼也沒發生過。

「我該怎麼進去呢？」愛麗絲更大聲地問。

「你到底能不能進去？」僕人說：「要知道，這才是首先該決定的問題。」

當然是這樣，不過愛麗絲不喜歡這樣被人說教。「真討厭，」她對自己喃喃地說：「這些人討論問題的方法，真能叫人發瘋。」

那僕人不斷重複著自己剛才說的話，不過稍微改變一點說法：「我將從早到晚坐在這裡，一天又一天地坐下去。」

「可是我該幹什麼呢？」愛麗絲說。

「你想幹什麼就幹什麼。」僕人說完就吹起口哨來了。

「唉，和他說話沒用！」愛麗絲失望地說：「他完全是個傻子！」

於是，她推開門進去了。這門直通一間大廚房，廚房裡充滿煙霧，公爵夫人坐在中間一張三隻腳的小凳子上，正在照料一個小嬰兒。廚師傾身在爐子上的一個大鍋裡努力攪拌著，裡頭似乎是滿滿的湯。

「湯裡的胡椒實在太多了！」愛麗絲一邊不停地打著噴嚏，一邊對自己說。

　　的確是太多了，連空氣裡也全是胡椒味，就連公爵夫人也不停地打噴嚏。至於那個嬰兒，不是打噴嚏就是哭嚎，一刻也不停歇。這間廚房裡只有一名女廚師和一隻大貓沒有打噴嚏，那隻貓正趴在爐子旁，咧著嘴笑得嘴角都開到兩邊耳朵了。

　　「請告訴我，」愛麗絲有點膽怯地問，因為她並不十分清楚，自己先開口有沒有禮貌。「為什麼你的貓能笑呢？」

　　「因為牠是柴郡貓呀。」公爵夫人說：「那就是原因。豬！」

　　公爵夫人凶狠地說出最後一個字，把愛麗絲嚇了一跳。但是，愛麗絲馬上發現她在跟嬰兒說話，不是對自己說，於是她又鼓起勇氣，繼續說道：「我還不知道柴郡貓有一張笑臉，事實上，我壓根不知道貓會笑。」

　　「牠們都能，」公爵夫人說：「而且大多都會笑。」

　　「我連一隻都沒見過。」愛麗絲非常有禮貌地說。

　　「你知道的太少了，」公爵夫人說：「這是事實。」

　　愛麗絲不喜歡這妄下定論的口氣，想著最好換個話題，她正在想話題的時候，女廚師把湯鍋從火上端開，接著就把手邊的東西，全扔向公爵夫人和嬰兒。火鉗第一個飛來，然後平底鍋、盆子、盤子也像暴風雨似的疾飛而來。公爵夫人根本不理會，甚至打到身上都沒反應。而那嬰兒先前就在嚎啕大哭，所以也不知道這些東西有沒有打到他身上。

　　「喂，當心點！」愛麗絲喊著，嚇得她的心臟不停地亂跳。「哎喲，他那小鼻子完了。」眼前一個特大平底鍋飛過來，從嬰兒的鼻子擦掠而過，差點把他的鼻子削掉。

　　「如果每個人都能管好自己的事，」公爵夫人嘶啞著嗓子，憤憤地說：「地球會轉得快一些。」

　　「這沒好處。」愛麗絲說，她很高興有機會表現自己的

智慧：「你想想，這會給白天和黑夜帶來什麼結果呢？要知道，地球自轉一周要二十四個小時。」

「你說什麼？」公爵夫人說：「來人！把她的腦袋給我砍下來！」

愛麗絲不安地瞧了女廚師一眼，看她是不是準備執行這個命令，但女廚師正忙著攪湯，好像根本沒聽到，於是愛麗絲又繼續說：「我想想是二十四個小時。還是十二個小時？我……」

「好啦！別煩我！」公爵夫人說：「我受不了數字！」說完又哄起嬰兒來，她一面哄一面唱著搖籃曲，每句唱完就把孩子猛烈地搖一下：

罵你這壞寶寶，
一打噴嚏就打你，
別撒嬌，別裝傻，
只會搗亂不睡覺。
合唱：哇！哇！哇！（女廚師和嬰兒也參加）

公爵夫人唱第二段時，把嬰兒猛烈地扔上扔下，可憐的小傢伙拚命哭嚎，所以愛麗絲幾乎都聽不清歌詞了。

罵你這壞寶寶，
一打噴嚏就打你，
別愛哭，別愛鬧，
聞了胡椒就睡覺。
合唱：哇！哇！哇！

「來！如果你願意的話，抱他一會兒！」公爵夫人一邊

對愛麗絲說，一邊把小孩扔給她。「我要和王后玩槌球，我得先去準備一下。」說著就急急忙忙走出房間。在她往外走時，女廚師從後面朝她扔了個炸油鍋，但是沒打著。

愛麗絲費勁地接住那個嬰兒，因為他是個樣子奇特的小生物，雙手和雙腿向各個方向伸展著。「真像隻海星。」愛麗絲想，她抓著他時，這可憐的小傢伙像蒸汽機似的嗚嗚叫著，還把身子一會兒蜷曲起來、一會兒伸開，就這樣不停地折騰，搞得愛麗絲在剛開始幾分鐘的時候，只能勉強把他抓住，才不至於讓他跌落在地。

後來，愛麗絲發現只要把他像打結一樣擠成一團，然後抓緊他的右耳和左腳，他就不能伸開了。她一找到這種可以抱住他的辦法，就把他帶到屋子外面空地。「如果我不把嬰兒帶走，」愛麗絲想：「她們遲早會把他弄死的。把他扔在這裡不就是害了他嗎？」最後一句話，她不小心說出聲，那個小傢伙咕嚕了一聲回應她。「別咕嚕！」愛麗絲說：「你這樣太不像話了！」

那嬰兒又咕嚕了一聲，愛麗絲不安地看了看他的臉，想知道是怎麼回事。只見他鼻子朝天，根本不像個正常人的鼻子，倒像個豬鼻子；他的眼睛也變得很小，不像個嬰兒了。愛麗絲不喜歡他這副模樣。

「也許他在哭吧！」愛麗絲心想，然後她看了看他的眼睛，發現一滴眼淚也沒有。「如果你變成了一隻豬，」愛麗絲嚴肅地說：「我可就不理你了！」那可憐的小傢伙又抽泣了一聲，然後他們就默默地走了一會兒。

愛麗絲正在想：「我回家後該拿這小生物怎麼辦？」這時，他又猛烈地咕嚕了一聲，愛麗絲馬上警覺地低頭看他的臉。這次絕對錯不了，牠完全就是隻豬！她覺得如果再帶著牠就太可笑了。

於是她把這小生物放下，看著牠快速跑進樹林，感覺鬆了一大口氣。「如果牠長大的話，」愛麗絲對自己說：「一定會成為可怕的醜孩子，要不就成為漂亮的豬。」然後，她一個個回想她認識的孩子們，看看誰如果變成了豬會好看一點，她剛想對自己說：「只要有人告訴他們變法⋯⋯」突然嚇了一跳，看見那隻柴郡貓，正坐在距離不遠的樹枝上。

　　貓只是對著愛麗絲笑，看起來脾氣很好。不過愛麗絲想到，牠還是有著長爪子和滿嘴牙齒，因此還是應該對牠表現得尊敬些。

　　「柴郡貓，」她膽怯地叫了一聲，因為她不確定牠喜不喜歡這個名字，可是，牠的嘴顯然笑得更大了。「哦，牠很高興。」愛麗絲想，於是她接著說：「請你告訴我，離開這裡應該走哪條路？」

　　「這要看你想去哪兒。」貓說。

　　「去哪裡我倒不太在乎。」愛麗絲說。

　　「那你走哪條路都沒關係。」貓說。

　　「只要能走到一個地方。」愛麗絲又補充了一句。

　　「哦，那怎樣都行。」貓說：「只要你能走得夠遠。」

　　愛麗絲覺得這話沒什麼不對，所以她試著提出另外一個問題：「這附近住了些什麼人？」

　　「這個方向，」貓說著，把右爪子揮了一圈，「住著個帽匠；往那個方向，」貓揮動另一個爪子，「住著一隻三月兔。你喜歡拜訪誰就拜訪誰，他們倆都是瘋子。」（在英國的諺語中，有「瘋得像個帽匠」和「瘋得像三月野兔」的說法。）

　　「我可不想跟瘋子打交道。」愛麗絲回答。

　　「這就沒辦法了。」貓說：「我們這裡都是瘋子。我是瘋子，你也是瘋子。」

「你怎麼知道我是瘋子？」愛麗絲問。

「一定是的，」貓說：「不然你就不會到這裡來了。」

愛麗絲認為這根本說不通，但她還是接著問：「你又怎麼知道你是瘋子呢？」

「我們這麼說吧！」貓說：「狗不是瘋子，這個你同意嗎？」

「也許吧！」愛麗絲說。

「好，那麼，」貓接著說：「你知道狗生氣時就叫，高興時就搖尾巴，可是我呢，卻是高興時就叫，生氣時就搖尾巴。所以，我是瘋子。」

「我會說你是打呼嚕，不是叫。」愛麗絲說。

「隨便你怎麼說都行，」貓說：「你今天會和王后玩槌球嗎？」

「我很想，」愛麗絲說：「可是到現在為止還沒有人邀請我。」

「你會在那裡見到我！」貓說著，突然消失了。

愛麗絲對這並不太驚奇，她已經習慣這些不斷發生的怪事了。她看著貓坐過的地方，這時，貓又突然出現了。

「順便問一聲，那個嬰兒變成什麼了？」貓說：「我差一點忘了。」

「變成一隻豬了。」愛麗絲平靜地回答，好像貓再次出現是正常的。

「我就猜想牠會變那樣。」貓說著，又消失了。

愛麗絲等了一會，希望能再看見柴郡貓，可是牠沒有再出現。於是，她朝著三月兔住的方向走去。「帽匠那兒，我也會去的。」她對自己說：「三月兔一定非常有趣，現在是五月，也許牠不至於太瘋，至少不會比三月時瘋吧！」就在她說這些話時，一抬頭又看見那隻貓，坐在一根樹枝上。

「你剛才說的是豬，還是竹？」貓問。

「我說的是豬，」愛麗絲回答：「我希望你的出現和消失不要太突然，這樣把人搞得頭都暈了。」

「好！」貓答應了。這次牠消失得非常慢，從尾巴末端開始消失，一直到最後看不見牠的笑臉，那個笑臉在身體消失後還停留了好一會兒。

「哎喲，我常常看見沒有笑臉的貓，」愛麗絲想：「可還從沒見過沒有貓的笑臉呢！這是我見過最奇怪的事了。」

她沒走多遠，就看見一間房子，她想這一定就是三月兔的房子，因為房子的煙囪像長耳朵，屋頂鋪著兔子毛。房子很大，讓她不敢走近。她咬了口左手的蘑菇，使自己長到二英尺高，才膽怯地走過去，邊走還邊對自己說：「要是牠瘋得厲害怎麼辦？剛剛應該去找帽匠的！」

第七章 瘋狂茶話會

屋子前有一棵大樹，樹下放著一張桌子，三月兔和帽匠坐在桌旁喝著茶，一隻睡鼠在桌上酣睡。桌子很大，但是他們三個卻都擠在桌子的一角。一看見愛麗絲走過來，他們就開始大聲嚷起來：「沒有地方坐啦！沒有地方坐啦！」

「地方多得很呢！」愛麗絲說著，就在桌子另一邊的椅子坐下。

「喝點酒吧！」三月兔熱情地說。

愛麗絲掃視了一下桌上，除了茶什麼也沒有。「我沒看見酒啊！」她回答。

「本來就沒酒嘛！」三月兔說。

「那你說喝酒就不太有禮貌了。」愛麗絲氣憤地說。

「你沒受到邀請就坐下來，也不太有禮貌。」三月兔回敬她。

「我不知道這是你的桌子，」愛麗絲說：「這裡坐得下不止三個人呢！」

「你的頭髮該剪了。」帽匠一直好奇地看著愛麗絲，這是他第一次開口。

「你應該學會不亂批評別人，」愛麗絲板著臉說：「這是非常失禮的。」

帽匠睜大眼睛聽著，卻說了句：「一隻烏鴉為什麼會像一張寫字桌呢？」

愛麗絲心想：「好喔，現在有好玩的事做了！」

「我很喜歡猜謎，我一定能猜出來。」她大聲說。

「你的意思是你能找出答案嗎？」三月兔問。

「正是如此。」愛麗絲說。

「那你怎麼想就怎麼說嘛！」三月兔繼續說。

「我是啊！」愛麗絲急忙回答：「至少……至少我說的就是我想的！」

「根本不一樣。」帽匠說：「你乾脆說『我吃了我看到的』和『我看到了我吃的』也一樣好了？」

三月兔加了一句：「『我喜歡我得到的』和『我得到我喜歡的』也一樣囉？」

睡鼠也加了一句，像在說夢話：「那麼說『我睡覺時總在呼吸』和『我呼吸時總在睡覺』也是一樣的嗎？」

「這對你倒真是一個樣。」帽匠對睡鼠說。話題談到這裡暫告中斷，大家沉默了一會兒。這時候，愛麗絲努力思考著烏鴉和寫字桌的謎題，可是她真的想不出答案。

帽匠率先打破沉默：「今天是這個月幾號？」他一面問愛麗絲，一面從衣袋裡掏出懷錶，不安地看著，還不停地搖晃，又拿到耳邊聽聽。

愛麗絲想了想，回答：「四號。」

「錯了兩天！」帽匠歎氣說。

「我告訴你不該加奶油的。」他生氣地看著三月兔，加了一句。

「這是最好的奶油！」三月兔辯白地說。

「沒錯，可是不少麵包屑也掉進去了，」帽匠發著牢騷說：「你不應該用麵包刀加奶油。」

三月兔洩氣地拿起他的懷錶看了看，再放到茶杯裡泡了一會兒，又拿起來看了看，但是除了剛才說的「這是最好的奶油！」之外，牠想不到別的話了。

愛麗絲好奇地從牠肩膀上看過去。「這是多麼奇怪的懷錶啊！」她說：「它告訴你幾月幾日，卻不會報時。」

「為什麼要報時？」帽匠嘀咕著：「你的錶會告訴你現在是哪一年嗎？」

「當然不會，」愛麗絲脫口就回答：「因為一年要很久才會過去。」

「我的也是。」帽匠說。

愛麗絲聽得莫名其妙，帽匠的話聽起來沒有任何邏輯。

「我不大懂你的話。」她盡量禮貌地說。

「睡鼠又睡著了。」帽匠說，還在睡鼠的鼻子上倒了一點熱茶。

睡鼠不耐煩地晃了晃頭，閉著眼說：「對啊！對啊！我也正要這麼說。」

「你猜出那個謎題了嗎？」帽匠又轉向愛麗絲問道。

「沒有，我猜不出來。」愛麗絲回答：「答案究竟是什麼呢？」

「我也不知道。」帽匠說。

「我也是。」三月兔說。

愛麗絲輕輕歎了口氣，說：「我認為你應該珍惜時間。而不是像這樣出個沒有答案的謎題，白白浪費時間。」

「如果你也像我一樣認識時間的話，」帽匠說：「你就不會叫他『時間』，而會稱他為『好朋友』了。」

「我不懂你的意思。」愛麗絲說。

「你當然不懂，」帽匠得意地說：「我敢說，你從沒和時間說過話。」

「也許沒有，」愛麗絲謹慎地回答：「但是我在學音樂的時候，總是按著時間打拍子。」

「唉，這就完了！」帽匠說：「時間最不喜歡人家『按著』他了。如果你和他當好朋友，他就會讓時鐘乖乖聽你的話，譬如說，現在是早上九點鐘，是上學的時間，你只要偷偷對時間說一聲，鐘錶就會『唰』一下轉到一點半，該吃午飯了！」

「我真希望這樣。」三月兔小聲對自己說道。

「那太棒了！」愛麗絲思索著說：「可是我那個時候大概還不餓。」

「一開始可能不餓，」帽匠說：「但是只要你喜歡，你要一點半保持多久都可以。」

「你是這麼做的嗎？」愛麗絲問。

帽匠傷心地搖搖頭。「我可不行了，」他回答：「我們三月吵了一架，是在紅心王后舉辦的一次大型音樂會上，我演唱了：

一閃一閃小蝙蝠，
到底為何而忙碌！

你應該知道這首歌吧？」

「我聽過另一首和它有點像。」愛麗絲說。

「接下去你知道嘛，」帽匠繼續接著唱道：

高高漫天在飛翔，
好像茶盤在天上。
一閃，一閃……

睡鼠晃動身體，在睡夢中開始唱道：「一閃，一閃，一閃，一閃……」一直唱一直唱，直到他們捏了牠的手臂一下才停止。

「我還沒唱完第一段呢，」帽匠說：「王后就跳起來大喊，『他簡直是在糟蹋時間，砍掉他的頭！』」

「多麼殘忍呀！」愛麗絲嚷道。

帽匠傷心地繼續往下說：「從那以後，我說什麼他都不

肯動了，就一直停在六點鐘。」

愛麗絲裡突然靈光乍現，她問：「所以這裡才有這麼多茶具嗎？」

「是的，就是這個原因。」帽匠歎了口氣說：「一直是喝茶的時間，連要洗茶具的片刻也沒有了。」

「所以你們才會一直挪位子，對吧？」愛麗絲問。

「就是這樣。」帽匠說：「茶具用髒了，我們就往下個位子挪。」

「可是你們繞回來第一個位子以後要怎麼辦？」愛麗絲繼續問。

「我們換一個話題吧！」三月兔打著哈欠打斷他們的談話：「我聽煩了，我建議讓小姑娘講個故事吧！」

「我恐怕沒有故事可以講。」愛麗絲說。她對這個建議有點心慌。

「那麼睡鼠應該來講一個！」三月兔和帽匠一齊喊道：「醒醒，睡鼠！」他們同時戳了戳牠。

睡鼠慢慢睜開眼，嘶啞著聲音，有氣無力地說：「我沒有睡著，你們說的每一個字我都聽到了！」

「給我們講個故事吧！」三月兔說。

「就是啊！請快講一個吧！」愛麗絲懇求著。

「而且要講快點，要不然還沒講完，你又睡著了。」帽匠加了一句。

睡鼠急急忙忙開始講：「從前有三個小姐妹，她們的名字是：愛絲、麗絲、愛麗，她們住在一個井底下……」

「她們靠吃什麼過活呢？」愛麗絲總是最關心與吃喝有關的問題。

「她們靠吃糖漿過活。」睡鼠想了一會兒說。

「你知道，這樣是不行的，她們都會生病的。」愛麗絲

輕聲說。

「所以她們都病了，而且病得很重。」睡鼠說。

愛麗絲努力想像，那種特殊的生活，會是什麼樣子，可是太傷腦筋了。於是，她又繼續問：「她們為什麼要住在井底下呢？」

「再多喝一點茶吧！」三月兔認真地對愛麗絲說。

「我什麼都還沒喝，不可能『再多喝一點』！」愛麗絲不高興地回答。

「你應該說，不能再『少』喝點了。」帽匠說：「這和『沒』喝相比，再『多』喝一點太容易了。」

「沒人問你！」愛麗絲說。

「現在是誰失禮了？」帽匠得意地問。

這回愛麗絲不知該說什麼，只好自己倒了點茶，拿了點奶油麵包，再向睡鼠重複她的問題：「她們為什麼要住在井底下呢？」

睡鼠又想了一會，說：「因為那是一個糖漿井。」

「沒有這樣的井！」愛麗絲認真了。帽匠和三月兔不停地發出「噓！噓！」的聲音，睡鼠生氣地說：「如果你不懂禮貌，那麼你最好自己來把故事講完。」

「不，請你繼續講吧！」愛麗絲低聲下氣地說：「我再也不打岔了，也許有那樣一口井吧！」

「哼，當然有！」睡鼠煞有介事地說。接著牠又往下繼續講道：「這三個小姐妹學著打……」

「她們打什麼？」愛麗絲轉眼間就忘記自己的保證，又開始問問題了。

「糖漿。」睡鼠這次毫不猶豫地回答。

「我想要一隻乾淨的茶杯，」帽匠插嘴說：「我們移動一下位子吧！」

他說完就挪到下一個位子上，睡鼠跟著挪了，三月兔挪到睡鼠的位子上，愛麗絲很不情願地坐到三月兔的位子上。這次挪動唯一得到好處的是帽匠，愛麗絲的位子比以前差多了，因為三月兔把牛奶罐打翻在位子上了。

愛麗絲不願再惹睡鼠生氣，於是她儘量很小心地發問：「可是我不懂，她們是怎麼打糖漿的呢？」

「你能夠去水井打水，」帽匠說：「當然也能從糖漿井裡打糖漿！對嗎？傻瓜！」

「但是她們在井裡呀！」愛麗絲對睡鼠說。

「當然她們是在井裡啦！」睡鼠說：「還在井裡很裡面的位置呢！」

這個回答把愛麗絲問倒了，所以她好一陣子都沒打斷睡鼠的話，任由牠一直講下去。

「她們學著打東西，」睡鼠繼續說著，一邊打哈欠，又揉揉眼睛，牠已經非常睏了。「她們打各式各樣的東西，而每件東西都是『麻』字開頭的。」

「為什麼用『麻』字開頭呢？」愛麗絲問。

「為什麼不能呢？」三月兔說。

愛麗絲不說話了。這時的睡鼠已經閉上眼睛，打起盹來了，但是被帽匠戳了一下肚皮，牠又尖叫著醒來繼續說道：「用『麻』字開頭的東西，例如麻將，麻藥，還有麻煩。你常說事情『麻煩』，可是你怎麼打『麻煩』呢？」

「你問我嗎？」愛麗絲被問倒了，說：「我沒有想過這個問題……」

「那麼你就不應該說話！」帽匠說。

這句話讓愛麗絲再也無法忍受，她憤憤地站起來，扭頭就走。睡鼠立即陷入熟睡，另外那兩個傢伙一點也不在意愛麗絲的舉動。愛麗絲還回頭看了一、兩次，希望他們能夠挽

留她。結果，她看見他們正打算把睡鼠塞進茶壺裡。

　　「不管怎樣，我再也不回去那裡了。」愛麗絲正在樹林中找路時說：「這是我見過最愚蠢的茶會了。」

　　就在她暗自嘀咕的時候，突然看到一棵樹上有一個門可以進去。「真奇怪！」她想：「不過今天的每件事都很怪。進去看看吧！」她想著就走了進去。

　　她發現她再次來到那個長長的大廳裡，而且很靠近那張小玻璃桌子。「這次我得聰明點！」她拿起小金鑰匙，打開花園的門，然後小口小口的咬著蘑菇（她還留了一小塊在口袋裡），直到縮成約一英尺高，走過了那條小通道——

　　她終於進入美麗花園，站在漂亮的花壇和清涼的噴泉中間！

第八章　王后的槌球比賽

靠近花園門口有一棵大玫瑰樹，開著白色的花朵，三名園丁正忙著把白花染紅。愛麗絲覺得很奇怪，她朝他們走過去，想看個究竟。這時，她聽見其中一人說：「小心點，老五！別把顏料濺到我身上。」

「不是我不小心，」老五生氣地說：「是老七碰到我的手。」

這時老七抬起頭說：「得啦！老五，你老是把責任推給別人。」

「你最好別再說了，」老五說：「我昨天聽王后說，你犯了錯該被殺頭！」

「為什麼？」第一個開口的人問。

「這與你無關，老二！」老七說。

「不，與他有關！」老五說：「我來告訴他——那是因為你沒拿洋蔥，而是拿了鬱金香根去給廚師的緣故！」

老七扔掉手上的刷子說：「哦，說起不公平的事……」就在這時，他突然看到站在一旁正滿臉好奇看著他們的愛麗絲，便立刻閉嘴不說話了，另外那兩個也回過頭來看到愛麗絲，然後三人都深深地鞠了一躬。

「請你們告訴我，」愛麗絲膽怯地說：「為什麼要把白玫瑰花染紅呢？」

老五和老七都默不作聲地望著老二，老二低聲說：「小姐，你看，這裡本應該種紅玫瑰的，但我們弄錯了，結果種了白玫瑰。如果王后發現了，我們全都得被殺頭。小姐，你看，我們正在盡最大努力，要在王后駕臨前，把……」

老二的話還沒說完，在焦慮張望的老五突然喊道：「王后！王后！」三個園丁立刻臉朝地趴了下去。這時傳來許多

腳步聲，愛麗絲好奇地張望著，想看看王后。

首先，來了十個手持大棒的士兵，他們的模樣和三個園丁一樣，身體扁平像一張撲克牌，手和腳全長在撲克牌的四個角上。接著來了十名侍臣，全身裝飾著鑽石，也像那些士兵一樣，兩個兩個並排走。侍臣的後面是十個王室的王子和公主，這些可愛的小傢伙們，一對對手拉著手蹦蹦跳跳地過來，他們全身裝飾著紅心。（小孩的紅心、侍臣的鑽石、士兵的大棒，是紙牌中的三種花色。即：紅桃、方塊、梅花，英文原為heart 、diamond、club。）

再後面就是賓客了，大多數的賓客也是國王和王后。在那些賓客中，愛麗絲認出那隻白兔，牠正慌張地說著話，對別人說的話全點頭微笑，牠從愛麗絲面前走過，卻沒有注意到她。接著，是個紅心騎士，雙手托著放在紫紅色墊子上的王冠。這龐大的隊伍之後，才是紅心國王和王后。

愛麗絲不知道該不該像三名園丁那樣，臉朝地趴下，她根本不記得王室行列經過時，還有這麼一個規矩。「人們都臉朝地趴著，誰來看呢？這樣，這個儀仗還有什麼用呢？」她這樣想著，在國王和王后走近時，仍站得筆直。

隊伍經過愛麗絲面前時，全都停下來注視著她。王后嚴厲地問紅心騎士：「這是誰？」紅心騎士只是用鞠躬和微笑作為回答。

「笨蛋！」王后不耐煩地搖頭，轉向愛麗絲問道：「你叫什麼名字，小孩兒？」

「我叫愛麗絲，陛下。」愛麗絲很有禮貌地說；又跟自己嘀咕了一句：「哼！說來說去，他們不過是一副紙牌，用不著怕他們！」

「他們是誰？」王后指著三個園丁問。那三個園丁圍著一株玫瑰趴著，背上的圖案和別的紙牌一模一樣，看不出這

三個是園丁，還是士兵、侍臣，或是她自己的三個孩子。

「我怎麼知道呢？這不甘我的事！」愛麗絲回答，連她自己都對自己的勇氣感到驚訝。

王后氣得臉都漲紅了，兩隻眼睛像野獸一樣瞪著愛麗絲一會兒，然後尖聲叫道：「砍掉她的頭！砍掉……」

「胡說！」愛麗絲乾脆大喊。然後王后住嘴了。

國王用手搭著王后的手臂，小聲地說：「冷靜點，親愛的，她只是個孩子！」

王后生氣地轉身走開，並對紅心騎士說：「把他們翻過來。」

紅心騎士用腳小心地把三個園丁翻過身來。

「起來！」王后尖聲叫道。那三個園丁趕緊爬起來，開始向國王、王后、王室的孩子們、以及每個人一一鞠躬。

「停下來！」王后咆哮著：「把我的頭都弄暈了！」她轉向那株玫瑰繼續問：「你們在幹什麼？」

「陛下，願您開恩，」老二低聲下氣地單膝下跪，想要與王后解釋：「我們正想……」

「我明白了！」王后察看玫瑰的情況後說：「砍掉他們的頭！」

隊伍繼續跟著王后前進，留下三個士兵來處死這三個不幸的園丁。三個園丁急忙跑向愛麗絲，想得到她的保護。

「你們不會被砍頭的！」愛麗絲說著，並將他們藏到旁邊的一個大花盆後面。那三個士兵到處尋找，幾分鐘後還沒找到，只好悄悄地大步跟上隊伍。

「把他們的頭砍掉了沒有？」王后怒吼道。

「他們的頭都不見了，陛下！」士兵大聲回答。

「好極了！」王后說：「你會玩槌球嗎？」

士兵們都看著愛麗絲，這個問題顯然是問愛麗絲的。

「會！」愛麗絲大聲回答。

「那就走吧！」王后喊道。於是愛麗絲加入了隊伍，心裡惴惴不安，不知道以後會發生什麼事情呢？

「今天……今天天氣真好啊！」愛麗絲身旁一個膽怯的聲音說。原來愛麗絲恰巧走在白兔的旁邊，白兔正焦急地偷看她的臉色。

「是個好天氣。」愛麗絲說：「公爵夫人在哪裡呢？」

「噓！噓！」兔子急忙低聲制止她，同時擔心地轉過頭看王后，然後踮起腳把嘴湊到愛麗絲耳畔，悄悄說：「她被判處了死刑。」

「為什麼？」愛麗絲問。

「你是說真可憐嗎？」兔子問。

「不，不是，」愛麗絲搖著頭，問道：「我沒想可憐不可憐的問題，我是說為什麼？」

「她打了王后耳光……」兔子小聲地說。愛麗絲聽後笑了出來。「噓！」兔子害怕地低聲說：「王后會聽到的！你知道，公爵夫人來晚了，王后說……」

「各就各位！」王后雷鳴般地喊了一聲，人們朝四面八方跑開，彼此撞來撞去的，幾分鐘過後總算全部就定位。於是，遊戲開始了。

愛麗絲從沒見過這麼奇怪的槌球遊戲：球場到處凹凸不平，槌球是活刺蝟，槌球棒是活紅鶴，士兵們手腳撐地充當球門。

起初，愛麗絲簡直拿紅鶴沒辦法，後來總算成功把紅鶴的身子好好夾在手臂底下，讓紅鶴的腿垂在下面。可是，當她好不容易把紅鶴的脖子弄直，準備用牠的頭去打那隻刺蝟時，紅鶴卻把脖子扭上來，用奇怪的表情看著愛麗絲，惹得愛麗絲大笑出聲。她只得把牠的頭按下去，當她再一次準備

打球的時候，卻惱火地發現刺蝟已經展開身子要爬走了。此外，把刺蝟球打過去的路上總有一些土坎或小溝，拱腰充當球門的士兵，又常常站起來，走到球場的其他地方去。愛麗絲不久就得出結論：這實在是一場很困難的遊戲。

參加遊戲的人沒等輪到自己，就同時打起球來，還不時為了刺蝟爭吵和打架。

不一會兒，王后就大發雷霆，跺著腳走來走去，大約一分鐘叫喊一次：「砍掉他的頭！」或者：「砍掉她的頭！」

愛麗絲感到非常不安，現在她還沒和王后發生爭吵，可是隨時都可能發生的呀！「如果吵架的話，」她想：「我會怎麼樣呢？這兒的人太喜歡砍頭了！可是說也奇怪，現在居然還有人活著。」

愛麗絲開始尋找逃走的路線，她想偷偷離開。這時，她注意到半空中出現一個怪東西，起初她覺得很奇怪，觀察了一、兩分鐘，她認出那是一個笑容後，對自己說：「那是柴郡貓，現在我可有人說話了。」

「你好嗎？」柴郡貓一出現能說話的嘴就問。

愛麗絲等到牠的眼睛也出現了，才點點頭。「現在跟牠說話沒用，」她想：「應該等牠的兩隻耳朵也顯露出來，至少等出現了一隻，再說話。」

過了一、兩分鐘，等貓整個頭出現了，愛麗絲才放下紅鶴，跟牠講打槌球的情況。她非常高興有人聽她說話。柴郡貓似乎認為出現的部分已經夠了，沒有再繼續顯露出身體。

「他們不照規矩玩，」愛麗絲抱怨地說：「他們吵得太兇，連自己說話都聽不清楚了。而且他們好像沒有一定的規則，就算有，也沒人遵守。還有，簡直無法想像，所有的東西都是活的。真麻煩！譬如說，明明是要把球打進球門，眼看我打的刺蝟球就要碰上王后的刺蝟球，球門見到球來竟然

跑掉啦！」

「你喜歡王后嗎？」貓輕聲說。

「一點都不喜歡，」愛麗絲說：「她非常……」正說到這裡，她突然發覺王后就在她身後聽著。於是她馬上改口說道：「非常會玩槌球，別人簡直沒必要再和她比下去了。」然後王后微笑著走開了。

「你在跟誰說話？」國王走來問愛麗絲，還一臉奇怪的看著那個貓頭。

「請容我介紹，這是我的朋友——柴郡貓。」愛麗絲向國王說。

「我不喜歡牠的模樣，但如果牠想，我還是會允許牠吻我的手。」國王說。

「我不願意。」貓回答。

「不得無禮！」國王說：「也別這樣看著我！」他邊說邊躲到愛麗絲身後。

「『貓也可以見國王』，我在一本書上看過這句話，不過不記得是哪本書了。」愛麗絲說。

「喂，把這隻貓弄走！」國王堅決地說，然後看見王后正朝他們走過來，就向她喊道：「親愛的，我希望你來把這隻貓弄走。」

王后解決各種困難的辦法只有一種：「砍掉牠的頭！」她看也不看地說。

「我親自去找劊子手。」國王殷勤地說著，就急急忙忙走了。

愛麗絲聽到王后在遠處尖聲吼叫，想起該去看看遊戲進行得怎樣了。愛麗絲已經聽到王后又宣判了三個人死刑，原因是輪到他們打球，他們卻沒有打。愛麗絲很不喜歡這個場面，整個遊戲亂糟糟的，弄得她根本不知道什麼時候輪到自

己，因此她就離開去找她的刺蝟了。

她的刺蝟正在和另一隻刺蝟打架，愛麗絲認為這是個好機會，可是她的紅鶴已經跑了，愛麗絲看見牠在花園，正試圖向樹上飛，卻飛不起來。

等她捉住紅鶴回來後，打架的兩隻刺蝟已經跑得無影無蹤。愛麗絲想：「沒關係，反正這裡的球門都跑光了。」為了不讓紅鶴再逃跑，愛麗絲把牠夾在手臂下，又跑回去找她的朋友，想再多談一會兒。

愛麗絲走回柴郡貓那，驚訝地看到一大群人圍著牠，劊子手、國王、王后吵成一團，而旁邊的人都不發一語，看上去十分不安。

愛麗絲一到，三個人立即請她評理，他們爭先恐後地向她複述自己的理由，愛麗絲很難聽清楚他們說的是什麼。

劊子手的理由是：砍頭總得有身體，才能從身體上砍下頭來，光有一顆頭是沒法砍掉的。他說，他從來沒做過這種事，這輩子也不打算破例。

國王的理由是：只要有頭就能砍，少說廢話。

王后的理由是：誰不立即執行她的命令，她就要把每個人的頭都砍掉，周圍所有人都要掉腦袋。（正是她最後這句話，讓這些人都嚇得要命。）

愛麗絲想不出什麼好辦法，只好說：「這隻貓是公爵夫人的，你們最好去問她。」

「她在監獄裡，」王后對劊子手說：「把她帶來！」劊子手立刻像離弦的箭似的跑去了。

就在劊子手跑開的一剎那，貓頭開始消失，等劊子手帶著公爵夫人來到時，貓頭已經完全不見了。國王和劊子手就發瘋似的，跑來跑去到處找，而其他人又回去玩槌球了。

愛麗絲：「永遠有多長？」
白兔：「有時候，就一秒。」

Alice: "How long is forever?"
White Rabbit: "Sometimes, just one second."

路易斯‧卡洛爾
Lewis Carroll

第九章　假海龜的故事

「你不知道，能再見到你，我是多麼高興啊！親愛的老朋友！」公爵夫人說著，親切地挽著愛麗絲的手臂一起走。愛麗絲對公爵夫人有這麼好的脾氣，感到非常高興。她想起先前，在廚房裡見到公爵夫人時她那麼兇，大概是因為胡椒的緣故吧。

愛麗絲用一種不是很有把握的語氣對自己說：「要是我當了公爵夫人，我的廚房裡連一點兒胡椒都不想要，沒有胡椒，湯也可以做得非常好喝。也許就是胡椒弄得人們脾氣暴躁。」

她對自己的這個新發現感到非常高興，就繼續說：「是醋弄得人們酸溜溜的，黃菊把人們弄得那麼苦澀，還有麥芽糖之類的東西把孩子的脾氣變得那麼甜。我希望人們懂得這些，那麼他們就不會這麼吝嗇了。你知道……」

愛麗絲想得出神，完全忘了公爵夫人，當公爵夫人在她耳邊說話時，她吃了一驚。「親愛的，你在想什麼？竟忘了回話！我現在沒法告訴你，這會給你招來什麼教訓，不過我馬上就會想出來的。」

「或許根本沒什麼教訓。」愛麗絲鼓足勇氣說。

「得了！得了！小孩子。」公爵夫人說：「每件事情都會有一個教訓，只要你能夠找出來。」她一面說著，一面緊貼著愛麗絲。

愛麗絲很不喜歡她挨得那麼近，首先，公爵夫人十分難看；其次，她的高度正好把尖下巴頂在愛麗絲的肩膀上，很不舒服。然而愛麗絲不願意自己顯得沒禮貌，只能儘量忍受著。

「現在遊戲進行得很好。」愛麗絲沒話找話地說。

「是的，」公爵夫人說：「這件事的教訓是……『啊，愛，愛是推動世界的動力！』」

愛麗絲小聲說：「有人說，『如果每個人都管好自己的事，地球會轉得更快一些。』」

「哦，它們的意思是一樣的，」公爵夫人說著，使勁地把尖下巴往愛麗絲的肩上壓了壓：「這個教訓是：『不在大聲，只在有理。』」

「她真是喜歡在事情中尋找教訓啊！」愛麗絲想。

「我敢說，你一定在奇怪，我為什麼不擁抱你一下。」沉靜一會兒後，公爵夫人說：「那是因為我害怕你的紅鶴。我能試試看嗎？」

「牠會咬人。」愛麗絲小心地回答，因為她一點兒也不想被公爵夫人擁抱。

「是的，」公爵夫人說：「紅鶴和芥末都會咬人，這個教訓是：『羽毛相同的鳥總是聚在一起——物以類聚。』」（英文原文：Birds of a feather flock together.）

「可是芥末不是鳥啊！」愛麗絲說。

「你又說對了，你分得很清楚！」公爵夫人說。

「我想它是礦物吧？」愛麗絲說。

「當然是啦！」公爵夫人似乎打算同意愛麗絲說的每句話，「這附近有個大芥末礦，這個教訓就是說：『我得的越多，你得的就越少。』」

「哦，我知道了！」愛麗絲沒注意到她最後的結語，大聲叫道：「它是一種植物，雖然看起來不像，不過它就是種植物。」

「我十分同意你說的。」公爵夫人說：「這裡面的教訓是：你認為是什麼就是什麼；或者，你也可以把話說得簡單些：『永遠不要以為別人不知道，你不想讓別人知道你是那

個樣子，不管你想讓別人以為你不是那個樣子，或者你不想讓別人以為你就是那個樣子，別人都知道你的樣子不是那個樣子。』」

「要是我把您的話記下來，我想也許會更明白一點，」愛麗絲很有禮貌地說：「現在我一下子理解不了這麼多。」

「這沒什麼，要是我願意，我還能說得更長呢！」公爵夫人愉快地說。

「哦，請不必麻煩了。」愛麗絲說道。

「說不上麻煩，」公爵夫人說：「我剛才說的每句話，都是送給你的禮物。」

「這樣的禮物可真便宜，」愛麗絲想：「幸好大家不是這麼送生日禮物的。」

「又在想什麼呢？」公爵夫人問道，她小小的尖下巴又戳了一下。

「我有想的權利。」愛麗絲尖銳地回答道，因為她有點不耐煩了。

「是的，」公爵夫人說：「正像小豬有飛的權利一樣。這裡的教……」

愛麗絲詫異的是，公爵夫人的聲音突然消失了，甚至連她最愛說的「教訓」也沒說完，挽著愛麗絲的那隻手臂也顫抖著。愛麗絲抬起頭，發現王后正站在她們面前，雙臂交叉在胸前，臉色陰沉得像大雷雨前的天色。

「天氣真好啊！陛下。」公爵夫人用低而微弱的聲音向王后打著招呼。

「我警告你！」王后跺著腳嚷道：「不是你滾開，就是人頭落地，立刻決定！」

公爵夫人做出她的選擇，立刻就走掉了。

「我們回去玩槌球吧！」王后對愛麗絲說。愛麗絲嚇得

不敢作聲，只好慢慢地跟著她回到槌球場。其他客人趁王后不在，全跑到樹蔭下乘涼去了，一看到王后，又立刻跳出來玩槌球。王后說，誰要是動作慢了，就得付出生命的代價。

整場槌球遊戲進行中，王后不斷和別人吵嘴，嚷著「砍掉他的頭」或「砍掉她的頭」。被宣判的人，立刻就被士兵帶去關起來。這樣一來，執行命令的士兵就不能再回來充當球門了。約莫過了半個小時後，球場上已經沒有任何的球門士兵了。除了國王、王后和愛麗絲，參加槌球遊戲的人，都被宣判死刑，關起來了。

於是，累得直喘氣的王后停了下來，對愛麗絲說：「你還沒去看假海龜吧？」

「沒有。」愛麗絲說：「我還不知道假海龜是什麼東西呢！」

「不是有假海龜湯嗎？」王后說：「那麼當然有假海龜了。」（英國菜中有道假海龜湯，是用其他動物的肉仿製成海龜，用牛頭熬成的湯。）

「我從來沒見過，也從來沒聽說過。」愛麗絲說。

「那麼我們走吧！」王后說：「假海龜會跟你說牠的故事。」

當她們一起離開的時候，愛麗絲聽到國王小聲地對客人們說：「你們都被赦免了。」愛麗絲想，這倒是件好事。王后要砍那麼多人的頭，令她十分難過。

她們很快就遇見了鷹頭獅，牠正在太陽下睡覺。（「鷹頭獅」是希臘神話裡長著鷹頭、獅子身體的怪物。）

「快起來，懶惰蟲！」王后說道：「帶這位小姑娘去看假海龜，聽牠說牠的故事。我還得回去監督死刑的執行。」說完她就走了，把愛麗絲留在鷹頭獅那兒。愛麗絲不大喜歡這個動物的模樣，但她覺得與其和野蠻的王后在一起，還不

如跟牠在一起還安全些，所以她就留下來耐心等候著。

鷹頭獅坐起來揉揉眼睛，瞧著王后，直到她走得不見身影，才笑了出來。

「你笑什麼？」愛麗絲問。

「她呀！」鷹頭獅說：「那全是她的想像。你知道，他們從來沒有砍掉過別人的頭。我們走吧！」

愛麗絲跟在後面走，心想：「這裡每個人都對我說『走吧！』，我可從來沒有被人這麼使喚過，從來沒有！」

他們沒走多遠，就遠遠望見那隻假海龜，孤獨而悲傷的坐在一塊岩石邊緣。再走近一點，愛麗絲聽見牠的歎息，好像牠的心都要碎了。不由得打從心裡同情起牠來。「牠有什麼傷心事呢？」她這樣問鷹頭獅。

鷹頭獅還是用和剛才差不多的話回答：「那全是牠的想像，你知道，牠根本沒有什麼傷心事。走吧！」

他們走近假海龜，牠用飽含眼淚的大眼睛望著他們，卻一句話也不說。

「這位小姑娘想聽聽你的經歷。」鷹頭獅對牠說：「她真的很想聽。」

「我很願意告訴她。」假海龜用深沉而空洞的聲音說：「你們都坐下，在我講的時候別出聲。」

於是他們坐了下來，有段時間誰都沒說話。愛麗絲想：「要是牠不開始說，要怎麼才能結束呢？」但是她仍然耐心地等待著。

後來，假海龜終於開口了，牠深深歎息一聲，說：「從前，我曾經是一隻真正的海龜。」在這句話之後，又是一陣很長的沉默，只有鷹頭獅偶爾叫一聲：「啊，哈！」以及假海龜不斷沉重地抽泣。

愛麗絲幾乎要站起來說：「謝謝你，先生，謝謝你有趣

的故事。」但是，她覺得應該還有下文，所以她仍然靜靜地坐著，什麼話也沒說。

後來，假海龜終於又開口了。牠已經平靜許多，只不過仍不時地抽泣一聲。牠說：「小時候，我們得去海裡的學校上學。我們的老師是一隻老海龜，我們都叫牠『海獅』。」

「既然牠不是『海獅』，為什麼要這樣叫牠呢？」愛麗絲問。

「我們會叫牠『海獅』當然是因為牠是『海裡的老師』呀！」假海龜生氣地說：「你真笨！」

「這麼簡單的問題都要問，你真好意思。」鷹頭獅說。於是牠們倆就坐在那裡靜靜地看著可憐的愛麗絲，看得她真想鑽到地底下去。最後，鷹頭獅對假海龜說：「別介意，老弟，繼續講下去吧！」

「是的，我們到海裡的學校去，雖然說來你可能不會相信……」

「我沒說我不相信。」愛麗絲插嘴說。

「你說了！」假海龜說。

愛麗絲沒來得及答話，鷹頭獅就大喝一聲：「住口！」然後假海龜又繼續講下去：「我們受的是最好的教育，事實上，我們每天都到學校去。」

「我也是每天都上學，」愛麗絲說：「這沒什麼可得意的。」

「你們也有副修課嗎？」假海龜有點不安地問道。

「當然啦，」愛麗絲說：「我們學法文和音樂。」

「有洗衣課嗎？」假海龜問。

「當然沒有。」愛麗絲生氣地說。

「那就算不上真正的好學校。」假海龜自信地說，感覺牠鬆了口氣。「我們學校課程表的最後一項就是副修課：法

文、音樂、洗衣。」

「既然你們住在海底，就不太需要洗衣服。」愛麗絲肯定地說道。

「我不用學它，」假海龜歎了一口氣，說：「我只學正課。」

「正課是什麼呢？」愛麗絲問道。

「開始當然是先學『獨』和『瀉』，」假海龜回答說：「學完後我們就開始學習四則運算：假法、剪法、醜法、廚法。」（假海龜的英語很糟糕，牠想說的其實是先學「讀」和「寫」，學四則運算是「加法、減法、乘法、除法」。）

「我從來沒聽過什麼『醜法』，」愛麗絲壯著膽子說：「那是什麼？」

鷹頭獅驚訝地舉起爪子說：「你沒聽過『醜法』！那你該知道『美法』吧！」

愛麗絲不太確定地說：「是的，那是……讓什麼……東西……變得好看些。」

「這麼說來，」鷹頭獅繼續說：「你不知道什麼是『醜法』，真是個傻瓜。」

愛麗絲岔開話題，轉向假海龜問道：「除了這些，你們還學些什麼呢？」

「我們還學『泥史』，」假海龜數著手指頭說：「『泥史』有『古代泥史』和『現代泥史』，還學『地梨』，還學『揮划』。我們的『揮划』老師是一條老鰻魚，一星期來一次，教我們『水踩划』和『游划』。」（假海龜想說的其實是「歷史、地理、繪畫、水彩畫和油畫」。）

「那又是什麼呢？」愛麗絲問道。

「我沒法示範給你看，我骨頭太僵硬了，而鷹頭獅又沒學過。」假海龜說。

「我沒時間啊！」鷹頭獅說：「不過我去上了古文老師的課，牠是一隻老螃蟹，真的。」

「我從來沒聽過牠的課，」假海龜歎息著說：「牠們說牠教的是『拉釘文』和『洗臘文』。」（正確的應該是「拉丁文」和「希臘文」。）

「沒錯。」鷹頭獅也歎息了，牠們倆都用爪子掩住臉。

「你們每天上多少課呢？」愛麗絲連忙換了個話題。

假海龜回答：「第一天十小時，第二天九小時，以此類推。」

「真奇怪耶！」愛麗絲叫道。

「所以才會說上『多少課』，」鷹頭獅解釋道：「『多少課』就是指先多後少的意思。」

這對愛麗絲可是件新鮮事，她想了一下才又說：「那第十一天一定放假吧？」

「當然啦！」假海龜說。

「到了第十二天怎麼辦呢？」愛麗絲十分關心地問。

「上課的問題聊夠了。」鷹頭獅用堅決的口氣插嘴說：「給她講點遊戲吧！」

第十章　龍蝦方塊舞

假海龜深深歎了口氣，用一隻爪子抹了抹眼淚，有好一陣子瞧著愛麗絲想說話，可是泣不成聲。「看牠像是嗓子裡卡了根骨頭似的。」鷹頭獅說，於是牠就搖一搖牠，拍一拍牠的背。

終於，假海龜能開口說話了，牠一面流著眼淚，一面跟愛麗絲說：「你可能沒在海底下住過多久。」

「從來沒住過。」愛麗絲說。

「你也許從來不認識龍蝦吧！」假海龜叫道。

愛麗絲剛想說：「我吃過……」，但立即改口說：「不認識。」

「所以，你完全想不到龍蝦方塊舞有多麼好玩。」假海龜興奮地說。

「是啊，」愛麗絲說：「那是一種什麼舞呢？」

鷹頭獅說：「先在海岸邊站成一排……」

「兩排！」假海龜叫道：「海豹、烏龜和鮭魚都排好隊伍。然後，把所有的水母都趕走……」

「這通常得花上一些時間呢！」鷹頭獅插嘴說。

「然後，向前進兩步……」假海龜繼續說。

「每隻動物都有一隻龍蝦做舞伴！」鷹頭獅叫道。

「當然啦！」假海龜說道：「牠們會先前進兩步，組好舞伴……」

「再交換舞伴，向後退兩步。」鷹頭獅接著說。

假海龜說：「然後你就把龍蝦……」

「扔出去！」鷹頭獅蹦起來嚷道。

「盡你的全力把牠遠遠地扔到海裡去。」假海龜毫不留情地說。

「再游泳去追牠們！」鷹頭獅尖聲叫道。

「在海裡翻一個筋斗！」假海龜叫道，牠發瘋似地跳來跳去。

「再交換龍蝦舞伴！」鷹頭獅用牠最高音的嗓門嚷叫。

「再回到陸地上，這就是第一節舞蹈。」假海龜說，牠的聲音突然低落了下來。於是，剛才像瘋子似的跳來跳去的兩隻動物，又坐了下來，非常安靜而又悲傷地瞧著愛麗絲。

「那一定是很好看的舞。」愛麗絲難為情地說。

「你想看一看嗎？」假海龜問。

「很想看。」愛麗絲說。

「我們來跳跳第一節舞吧！」假海龜轉頭對著鷹頭獅說道：「你知道，我們沒有龍蝦也行，不過誰來唱歌呢？」

「你唱吧！」鷹頭獅說：「我忘記歌詞了。」

於是他們正經八百地圍著愛麗絲跳起舞來，還一面用前爪拍著拍子。但是，當牠們跳到愛麗絲跟前時，卻一直踩到她的腳。假海龜徐緩而悲傷地唱著：

你不能走快點嗎？
鱈魚對蝸牛說。
有條海豚在我們後面，
牠踩著我的尾巴。
你看龍蝦和烏龜多匆忙，

牠們在沙灘上等著你，
要不要來參加跳舞！
你要，不要，來參加跳舞？
你要，不要，來參加跳舞？

你實在不知道那有多好玩，
牠們把我們又拋又扔，
我們和龍蝦一起，
扔到海那邊。

太遠啦！太遠啦！
蝸牛斜著眼回答。
牠向鱈魚說聲謝謝，
但牠不想參加，
牠不想，不能，牠不想來參加。
牠不想，不能，牠不想來參加。

扔遠了有什麼關係？
鱈魚回答蝸牛說。
你要知道在大海那邊，
還有另一個海岸。
你愈遠離英格蘭，
就更接近法蘭西。
親愛的蝸牛，不要害怕，
盡管來參加跳舞吧！」
你要，不要，來參加跳舞？
你要，不要，來參加跳舞？

「謝謝你，這組舞真好玩，」愛麗絲說，她很高興終於結束了，「我很喜歡這首奇怪的鱈魚之歌。」

假海龜說：「哦，說到鱈魚，牠們……你當然看過牠們啦？」

「是的，」愛麗絲回答：「在飯……」她原本想說在飯

桌上，但是急忙煞住了。

「我不知道『飯』是什麼地方，」假海龜說：「如果你常看見牠們，當然知道牠們的樣子。」

「我想我知道，」愛麗絲思索著說：「牠們把尾巴彎到嘴裡，身上撒滿了麵包屑。」（英國菜中常見鱈魚料理好的樣子。）

「麵包屑？你說錯了！」假海龜說：「海水會把麵包屑沖掉的。不過牠們倒真的是把尾巴彎到嘴裡。原因是……」說到這裡，假海龜打了個哈欠，闔上雙眼，「告訴她這是什麼緣故。」牠對鷹頭獅說。

鷹頭獅說：「因為牠們和龍蝦一道參加舞會，於是，牠們就從海裡被扔出去；於是，牠們會飛得好遠；於是，牠們就把尾巴塞到嘴裡；於是，牠們就沒法把尾巴弄出來了。就是這樣。」

「謝謝你，」愛麗絲說：「真有意思，我以前不知道鱈魚這麼多的故事。」

「如果你願意，我還可以告訴你更多呢！」鷹頭獅說：「你知道鱈魚為什麼叫鱈魚嗎？」

「我沒想過，」愛麗絲說：「為什麼？」

「牠是擦靴子和鞋的。」鷹頭獅認真地說。

愛麗絲迷惑不解。「擦靴子和鞋子？」她詫異地問。

「是的，你的鞋用什麼擦？」鷹頭獅說：「我的意思是說，你用什麼把鞋子擦得那麼亮？」

愛麗絲看著自己的鞋子，想了一會兒說：「我用的是黑鞋油。」

「靴子和鞋子在海裡，要白得發亮，」鷹頭獅接著低聲說：「你知道，是用鱈魚擦亮的。」

「海裡的鞋子是什麼做的呢？」愛麗絲好奇地問。

「當然是鰏魚和鰻魚啦！」鷹頭獅不耐煩地回答：「即使小蝦也知道。」

「如果我是鱈魚，」愛麗絲說，腦子裡還想著那首歌：「我會對海豚說『遠一點，我們不要你和我們在一起！』」

「牠們非要海豚不可，」假海龜說：「聰明的魚旅行時都會和海豚一起。」

「真的嗎？」愛麗絲驚奇地說。

「當然了！」假海龜說：「如果有魚兒要外出旅行，來告訴我，我就會說『哪隻海豚』會去？」

「你不是要說『哪個地方』會去？」愛麗絲說。

「我知道我在說什麼！」假海龜生氣地回答。

「讓我們聽聽關於你的故事吧！」鷹頭獅接著說。

「我可以告訴你們我的故事，從今天早晨開始說起，」愛麗絲怯生生地說：「我們不必從昨天開始說，因為在那之後，我已經變成另一個人啦！」

「你解釋一下。」假海龜說。

「不！先講故事，之後再解釋。」鷹頭獅不耐煩地說：「解釋太花時間了。」

於是，愛麗絲開始講起她的故事。她從瞧見那隻白兔講起，在剛開始的時候，她還有點不安，那兩隻動物坐得離她那麼近，一邊一個，眼睛和嘴又張得那麼大。但是她逐漸放大膽子，而她的兩個聽眾也安靜聽著。直到她講到給毛毛蟲背誦《威廉爸爸你老了》，背出來的內容全不對的時候，假海龜深吸了一口氣，說道：「這非常奇怪。」

「怪得沒法再怪了！」鷹頭獅說。

「這首詩全背錯啦！」假海龜沉思著重複說：「我想再聽她背誦點什麼，讓她開始吧！」牠看看鷹頭獅，好像鷹頭獅對愛麗絲有什麼指揮權似的。

「站起來背《那是懶鬼的聲音》。」鷹頭獅說。

「這些動物老是那麼喜歡命令人，老讓人背書，」愛麗絲心想：「我還不如馬上回學校去呢！」然而，她還是站起來開始背誦。可是她腦子裡還充滿著龍蝦方塊舞的事，完全不知道自己在背什麼。所以她背出來的內容非常奇怪：

有隻龍蝦在說話，我聽見牠在說：
你們把我烤得太焦，鬚鬢還得加點糖。
鴨子用牠的眼皮，龍蝦則會用牠的鼻子，
整理自己的腰帶和鈕扣，還把腳趾向外扭轉。
當沙灘乾燥的時候，龍蝦就像雲雀一樣快活。
牠用輕蔑語氣談論鯊魚，
但是當潮水上漲，鯊魚把牠困住，
牠的聲音就變得膽怯而發顫！

「這和我小時候背的完全不一樣。」鷹頭獅說。

「我以前從來沒聽過，」假海龜說：「可是聽起來盡是些傻話。」

愛麗絲什麼話也沒說，她坐了下來，雙手掩住臉，想著不知道什麼時候自己才會恢復正常。

「我希望她解釋一下。」假海龜說。

「她解釋不了，」鷹頭獅急忙說：「背下一節吧！」

「但是腳趾是怎麼回事？」假海龜堅持說：「牠怎麼能用自己的鼻子扭轉它們呢？」

「那是跳舞的第一個姿勢。」愛麗絲說。可是她被這一切弄得莫名其妙，所以非常希望換一個話題。

「背第二節，」鷹頭獅不耐煩地說：「開頭是『我經過他家的花園』。」

　　愛麗絲不敢違背，雖然她明知道一切都會弄錯的，仍用發抖的聲音背道：

> 我經過他家的花園，並且用一隻眼睛看見，
> 豹子和貓頭鷹，正在分食一塊餡餅。
> 豹子拿了餅皮，又要了肉汁和肉餡，
> 剩下一個空盤子，才給貓頭鷹去舔。
> 豹子吃完大餡餅，湯匙送給貓頭鷹，
> 牠樂於將這恩惠，帶回家做紀念品。
> 豹子奪走刀和叉，低吼一聲叫人驚，
> 結束宴會那道菜，就是……

　　這時假海龜插嘴說道：「要是你不能一邊背一邊解釋意思，那麼背這些胡說八道的東西有什麼用？這是我聽到過最亂七八糟的東西了。」

　　「你最好停下來！」鷹頭獅說。

　　愛麗絲實在太願意這麼辦了。

　　「我們再來跳一節龍蝦方塊舞好嗎？」鷹頭獅繼續說：「或者，你願意聽假海龜為你唱首歌嗎？」

　　「啊，請來一首歌吧！要是假海龜願意的話。」愛麗絲說得那麼熱情，鷹頭獅卻又突然不高興地說：「真無趣。老朋友，你就給她唱首『海龜湯』吧！」

　　假海龜深深歎了口氣，用啜泣的聲音唱道：

> 美味湯，豐富又青綠，
> 盛在碗盤裡，
> 誰不想嚐一嚐？
> 今晚的湯，美味湯！

海龜，海龜湯，
美——味湯啊！
誰還在乎魚和遊戲，
或是其他山珍海味？
誰不會拿兩便士，
買一碗美味湯。
海龜，海龜湯，
今晚的海龜湯特別香！

「再來一遍合唱！」鷹頭獅叫道。

假海龜剛要開口，遠處就傳來一聲：「審訊開始啦！」

「快走！」鷹頭獅叫道，牠拉住愛麗絲的手，也不等那首歌唱完，就急忙跑了。

「什麼審訊呀？」愛麗絲一面跑一面喘著氣問。

但是鷹頭獅只是說：「快走！」然後跑得更快了。微風中傳來了越來越微弱、單調的歌詞：「美味湯啊……啊……美味湯……」

第十一章　誰偷走了餡餅？

當他們抵達時，紅心國王和紅心王后正坐在王座上，還有一大群各式各樣的小鳥和小動物圍著他們。那個紅心騎士站在他們面前，被鏈條鎖著，身邊有一名士兵看守。

國王旁邊站著白兔，一手拿著喇叭，一手拿著一卷羊皮紙。法庭正中央有一張桌子，上面放著一大盤餡餅。餡餅做得十分精美，愛麗絲一看頓時感覺有點餓了。

愛麗絲想：「真希望審判能快些結束，然後讓大家吃點心。」不過看起來似乎不太可能。於是，她只好環視周圍的一切來消磨時間。

愛麗絲以前從沒到過法庭，只在書上讀過。讓她感到高興的是，她發現這裡的一切幾乎都和書對照得上。「那是法官，」她對自己說：「因為他有假髮。」

那位法官就是國王。由於他在假髮上又戴上王冠，看起來很不順眼，而且肯定也不舒服。

「那是陪審員席。」愛麗絲心想：「那十二隻動物應該是陪審員。」（她不得不把陪審員稱為「動物」，因為牠們有的是獸類，有的是鳥類。）

她對自己說了「陪審員」這個詞兩、三遍，為自己能說出這個詞，覺得挺自豪的。因為她想，幾乎沒有一個和她一樣大的女孩，會懂得這麼多事情。

十二位陪審員忙著在紙板上寫字。「牠們在做什麼？」愛麗絲低聲對鷹頭獅說：「在審判開始前，牠們應該不會有任何事情要記錄的。」

鷹頭獅低聲回答：「牠們在寫自己的名字，怕在審判結束前忘掉。」

「蠢傢伙！」愛麗絲不屑地高聲說，不過她立刻就不說

話了，因為白兔喊著：「法庭肅靜！」國王瞪大眼睛，迅速掃視四周，想找出誰在說話。

愛麗絲非常清楚地看到，所有陪審員都趕忙在紙板上寫下了「蠢傢伙」。她甚至還看到，有個陪審員不會寫「蠢」字，還要求鄰座的告訴牠。

「審判結束之前，牠們的紙板肯定會寫得一塌糊塗！」愛麗絲想。

有名陪審員在書寫時，筆尖劃著紙板發出刺耳的聲音。愛麗絲受不了那聲音，於是，她在法庭裡轉了一圈，走到那個陪審員的背後，找了個機會，一把奪走那支鉛筆。她的動作俐落，那個可憐的小陪審員（牠就是壁虎比爾）根本不知道發生了什麼事。牠到處找不到鉛筆，只能用自己的手指書寫。這當然毫無用處，因為手指在紙板上是無法留下任何痕跡。

「傳令官，宣讀起訴書。」國王宣布說。

白兔拿起喇叭吹了三下，然後攤開那卷羊皮紙，宣讀如下：

紅心王后做好餡餅，
夏日裡光天化日下，
紅心騎士偷走了餡餅，
帶走全部匆忙離境！

「請做出你們的裁決。」國王對陪審員說。

「不行，還不行！」兔子趕快插話說：「還有好多程序呢！」

於是，國王說：「傳第一個證人。」

白兔吹了三下喇叭，喊道：「傳第一個證人！」

　　第一個證人就是那位帽匠。他進來時，一手拿著一隻茶杯，一手拿著一片奶油麵包。他說：「陛下，請原諒我帶這些東西來，因為我還沒吃完茶點就被傳喚過來了。」

　　「你應該早點吃完。你什麼時候開始吃的？」國王問。

　　帽匠看了看三月兔（三月兔是和睡鼠手挽著手跟著他進來的）說：「我想是三月十四日開始吃的。」

　　「是十五日。」三月兔說。

　　「十六日。」睡鼠補充說。

　　「記下來。」國王對陪審員說，陪審員急忙在紙板上寫下這三個日期，然後把它們加起來，再對半折算成先令和便士。（「先令」和「便士」是英國貨幣單位。）

　　「摘掉你的帽子！」國王對帽匠說。

　　「那不是我的。」帽匠說。

　　「偷的！」國王大叫出聲，他看了看陪審員，陪審員立即記下，以作為事實備忘錄。

　　「帽子是要賣的，我是個帽匠，所以沒有一頂帽子是屬於我。」帽匠解釋道。

　　這時，王后戴上眼鏡，拚命盯著帽匠，只見帽匠臉色發白，侷促不安。

　　「拿出證據。」國王說：「別緊張，否則，我就把你送到刑場處決。」

　　國王這些話根本不能鼓勵證人，他不斷地把兩隻腳交替站，不自在地看著王后，而且因為心裡慌亂，竟在茶杯上咬了一大口，而不是去吃奶油麵包。

　　這時，愛麗絲有一種奇怪的感覺，她困惑了好一會，慢慢才搞清楚，原來她又在長大了！起初，她想站起來走出法庭，但下一秒她又決定繼續留下來看，只要這裡還有她容身的餘地。

「希望你不要再擠我了，我感覺透不過氣。」坐在愛麗絲旁邊的睡鼠說。

「我沒辦法呀，你看，我在長大呢！」愛麗絲非常溫和地說。

「在這裡你沒有權利長大！」睡鼠說。

「別說廢話，你自己也在長大呀！」愛麗絲大膽地說。

「是的，但我是正常的長大，不是像你長成那樣誇張的樣子。」睡鼠不高興地站起來，走到法庭另一邊去了。

在愛麗絲和睡鼠說話的時候，王后的眼睛始終緊盯著帽匠，當睡鼠走到法庭另一邊時，她對一位官員說：「把上次音樂會的歌手名單給我。」聽到這話，可憐的帽匠嚇得渾身發抖，甚至把兩隻鞋子也抖掉了。

「拿出證據，否則我就處決你，不管你緊不緊張！」國王憤怒地重複一遍。

「我只是個可憐人，陛下。」帽匠顫抖著說：「我才剛開始喝茶……沒有超過一星期……再說，為什麼奶油麵包變得這麼薄……一閃一閃的茶……」

「什麼東西是一閃一閃？」國王問。

「我說茶。」帽匠回答。

「『一閃一閃』的詞當然是從『一』開始！你以為我是笨蛋嗎？接著說！」國王尖銳地駁斥道。

「我是個可憐人，」帽匠繼續說：「從那以後，許多的東西都閃了起來……只有三月兔說……」

三月兔趕快插嘴：「我沒說過。」

「你說了。」帽匠說。

「我沒說。」三月兔說。

「牠既然不承認，就說點別的吧！」國王說。

「好吧！無論如何，睡鼠肯定說了。」說到這裡，帽匠

不安地看了睡鼠一眼，看牠會不會跳起來否認。然而睡鼠什麼也沒說，牠睡得正香呢！

「從那以後，我切了更多的奶油麵包⋯⋯」帽匠不安地繼續說。

「但是睡鼠說了什麼？」一位陪審員問。

「這個我記不得了。」帽匠說。

「你必須記得，否則我就處決你。」國王說。

可憐的帽匠放下茶杯和奶油麵包，單膝跪下說：「我只是個可憐人，陛下。」

「你是個可憐的狡辯者。」國王說。

這時，一隻豚鼠突然出聲喝彩，但立即被法庭上的官員制止。其實，這很難說是「制止」。我只能告訴你們牠們是怎麼做的：牠們用一只大帆布袋，把那隻豚鼠的頭塞進去裡面，用繩子紮上袋口，然後坐在袋子上。

愛麗絲心想：「真高興能看到這件事。我常在報章上讀到，審判結束時，『有人鼓掌喝彩，隨即被法庭上的官員制止。』現在我才明白是怎麼回事。」

「如果沒有別的補充，你可以退下了。」國王宣布說。

「我已經沒法再退，我已經跪在地板了。」帽匠說。

「那麼你可以坐下了。」國王說。

這時，又一隻豚鼠鼓掌喝彩，又被制止。

愛麗絲心想：「等收拾完豚鼠！秩序應該好一些了。」

「我還得喝完這杯茶。」帽匠不安地看著王后，她正在看歌手名單。

「你可以走了。」國王一說，帽匠立即跑出了法庭，甚至顧不上穿他的鞋。

這時，王后吩咐一位官員：「立即去法庭外把那個帽匠的腦袋砍下來。」可是官員還沒追到大門口，帽匠已經跑得

無影無蹤了。

「傳下一個證人！」國王吩咐。

下一個證人手裡帶著胡椒盒，一走進法庭就讓附近的人不停打噴嚏，這使愛麗絲一下就猜出這個證人正是公爵夫人的女廚師。

「拿出你的證據來。」國王吩咐。

「我不能。」女廚師回答。

國王著急地看看白兔，白兔低聲說：「陛下必須反覆質詢這位證人。」

「好，如果必須這樣，我會這麼做。」國王沮喪地說。然後他交叉著雙臂，對女廚師蹙眉，直到視線模糊，才用深沉的聲音說：「餡餅是用什麼做的？」

「大部分是胡椒。」女廚師說。

「糖漿。」一個困倦的聲音從女廚師後方傳來。

「掐住那隻睡鼠的脖子，」王后突然尖叫起來：「把牠斬首，把牠攆出法庭，制止牠，掐死牠，拔掉牠的鬍鬚！」

整個法庭陷入一陣混亂。睡鼠被趕出去以後，大家才再次坐下來。這時，女廚師失蹤了。

「沒關係！」國王大大鬆一口氣。「傳下一名證人。」然後他對王后耳語道：「親愛的，你必須反覆質詢下一位證人，我已經頭疼得受不了了。」

愛麗絲看到白兔翻找著名單，非常好奇，想看看下一位證人是誰。她想：「他們恐怕還沒收集到足夠的證據。」讓她大吃一驚的是，白兔用刺耳的嗓音尖叫說出的，竟是「愛麗絲」！

第十二章　愛麗絲的證詞

「我在這兒！」愛麗絲喊道，完全忘了在剛才的混亂之中，她已經長得很大了。她慌亂地站起來，裙邊竟掀翻了陪審席，把陪審員們翻倒在下方聽眾頭上，害他們在聽眾頭上爬來爬去，這情景使愛麗絲想起，一星期前她意外打翻的金魚缸。

「啊，請大家原諒！」愛麗絲極其尷尬地說，一面趕緊把陪審員們扶回原位，金魚缸的事還縈繞在她腦中，使她隱約意識到，如果不立即把陪審員放回席位，牠們會死去的。

國王鄭重宣布：「審訊暫停，直至全體陪審員返回原位子上。」他語氣慎重，眼睛還嚴厲地盯著愛麗絲。

愛麗絲看著陪審席，發現由於自己的疏忽，竟將壁虎頭下腳上放反了，那可憐的小東西無力動彈，只能滑稽地搖著尾巴。愛麗絲立即把牠拾起來放正。愛麗絲想：「應該也沒差，反正牠頭下腳上對審判的影響也不大。」

等到陪審員們鎮定下來，紙板和鉛筆也都找到以後，他們立即勤奮地開始工作。首先是記下剛才那個事故的始末。只有壁虎除外，那可憐的小傢伙受驚過度，只是張嘴坐在那裡，兩眼無神地望著法庭的屋頂發呆。

國王開口了：「你對這個案子知道些什麼？」

「什麼也不知道。」愛麗絲回答。

「不知道任何事？」國王再問。

「不知道任何事。」愛麗絲答。

「這點很重要。」國王對陪審員們說。

陪審員們正在把這些問答記在紙板上，白兔忽然插嘴：「陛下的意思當然是，不重要。」牠的口氣十分尊敬，同時對國王擠眉弄眼。

國王趕快把話接過來：「當然，我的意思是不重要。」接著又低聲呢喃：「重要……不重要……不重要、重……」好像在反覆推敲詞句。

有些陪審員記下了「重要」，有些寫了「不重要」。愛麗絲離陪審員們很近，牠們在紙板上記下的字她看得一清二楚。愛麗絲心想：「反正怎麼寫都沒關係。」

國王似乎也一直忙著在記事本上寫什麼，他高聲喊道：「保持肅靜！」然後看著本子宣讀：「第四十二條，所有身高一英里以上者退出法庭。」

大家都望著愛麗絲。

「我不到一英里高。」愛麗絲說。

「你有。」國王說。

「將近兩英里了。」王后插話說。

「不管怎麼說，反正我不走，」愛麗絲說：「再說，那根本不是一條正式規定，是你在這兒臨時發布的。」

「這是書裡最老的一條規定。」國王說。

「那麼這應該是第一條呀！」愛麗絲說。

國王臉色蒼白，急忙闔上本子，以發抖的聲調對陪審員低聲說道：「請做出裁決。」

「陛下，又發現新的證據了！」白兔匆忙地說：「這是剛才撿到的一張紙。」

「裡面說什麼？」王后問。

白兔回答：「我還沒看，但感覺是封信件，是罪犯寫給……給某個人的。」

「肯定就是這樣，」國王說：「除非它不是寫給任何人的，但那不合常理。」

「信寫給誰的？」一個陪審員問。

「它不是寫給誰的，事實上，外面什麼也沒寫，」白兔

一面說，一面打開摺疊起來的紙，又說：「根本不是信，而是一首詩。」

「是那罪犯的筆跡嗎？」另一個陪審員問。

「不是，這事真是奇怪。」白兔說。陪審員全都感到莫名其妙。

「一定是他模仿了別人的筆跡。」國王這麼一說，陪審員全都一臉恍然大悟的表情。

這時，騎士開口了：「陛下，這不是我寫的，他們也不能證實是我寫的，信末並沒有簽名。」

「如果你沒有簽名，」國王看著騎士說：「只能說明情況更惡劣。這意味著你的狡猾，否則你就應該像一個誠實的人那樣，簽上你的名字。」

對此，法庭上響起了一片掌聲。這真是那天國王所講的第一句聰明話。

「那就證明了他犯罪。」王后說。

愛麗絲卻說：「這根本證明不了什麼！你們甚至還不知道這首詩寫的是什麼呀！」

「快讀一讀！」國王命令道。

白兔戴上眼鏡，問道：「我該從哪兒開始呢？陛下。」

「從開始的地方開始，一直讀到最後，然後停止。」國王鄭重地說。

以下就是白兔所讀的詩句：

他們對我說，
你去找過她，
又跟他談到了我。
她說我人品好，
卻說我不會游泳。

他跟他們說我沒有去。
（我們知道這話不假。）
如果這事她不罷休，
你想你當如何？

我給她一個，他們給他兩個，
你給我們三個或更多。
他們又從他那兒拿來還你，
其實原來都屬於我。

萬一我或她恰巧扯上這件事，
他請你放他們走，
就像我們以前一樣。

我覺得你一直是，
（在她沒有發作之前）
一道難越的障礙，
在他和我們和它之間。

請不要告訴他，
她最喜歡他們，
這是永遠的祕密，
只有你和我知道。

「這是我們聽過最重要的證據了，」國王搓著雙手說：
「現在請陪審員……」
「如果有誰能解釋這些詩，我願意給他六十便士，我認

為這些詩沒有任何意義。」愛麗絲這麼說。就在剛才的那一瞬間，她已經長得十分巨大，所以她一點也不怕打斷國王的話。

陪審員也都在紙板上寫下：「她認為這些詩沒有任何意義。」但是他們當中沒有一個人試圖解釋一下這首詩。

「如果詩沒有任何意義，」國王說：「那就免除了許多麻煩。你知道，我們並不要找出什麼意義，而且我也不懂什麼意義。」國王說著，把詩攤開在膝上，用一隻眼睛瞄著繼續說：「我終於明白了其中的一些意義：『說我不會游泳』就是說你不會游泳，是嗎？」國王對著騎士說。

騎士傷心地搖搖頭說：「我像會游泳的樣子嗎？」（他肯定不會游泳的，因為他全身是由硬紙片做成的。）

「現在就全對了，」國王說，一面又繼續嘟囔著這些詩句：「『我們知道這話不假』這當然是指陪審員；『我給她一個，他們給他兩個』，這肯定是指偷的餡餅，是嗎？」

「但後面說『他們又從他那兒拿來還你。』」愛麗絲反駁國王的言論。

「是啊，它們都在，沒有比這更清楚的了。」國王指著桌上的餡餅，得意地繼續說：「那麼再看：『在她沒有發作之前，』親愛的，我想你沒有『發作』吧？」他對王后說。

「從來沒有！」王后狂怒地說，並把桌上的墨水瓶架扔到壁虎比爾的身上。那個不幸的比爾已經不再用手指在紙板上寫字了，因為牠發現這樣是寫不出字來的。但是現在他又急忙蘸著臉上的墨水在寫了。

「顯然這些話不『適合』你！」國王帶著微笑環視著法庭說，但法庭上卻一片寂靜。

「這算一句雙關語吧！」國王發怒了，但大家卻都笑了起來。

「讓陪審員做出裁決。」這句話，約莫是國王第二十次說了。

「不，不，」王后說：「應該先判決，後評審。」

「愚蠢的廢話，竟然先判決！」愛麗絲大聲說。

「住嘴！」王后氣得臉色都發紫了。

「我偏不！」愛麗絲毫不示弱地回答。

「砍掉她的頭！」王后聲嘶力竭地喊道，但是沒有一個人動身。

「誰理你呢？」愛麗絲說，這時她已經恢復到本來的身材了。「你們只不過是一副紙牌！」

這時，國王、王后、騎士，周圍的人全消失了，他們變成了一副紙牌。整副紙牌上升到空中，又飛落在她身上，她發出一小聲尖叫，既驚又怒，她正要把這些紙牌撥開，卻發覺自己躺在河岸邊，頭還枕在姐姐的腿上，而姐姐正輕輕地幫她拿掉飄落在她臉上的枯葉。

「醒醒吧！親愛的愛麗絲！」她姐姐說：「看，你睡了多久啦！」

「啊，我做了個好奇怪的夢啊！」愛麗絲盡她所能，將記得的那些奇怪的經歷，全都告訴了姐姐。她說完後，姐姐吻了她一下，說：「這真是奇怪的夢，親愛的。但是現在快去喝茶吧！天色已經不早了。」於是愛麗絲站起來走了，一面走，一面還不停地想，她做了個多奇妙的夢呀！

愛麗絲走後，姐姐仍靜靜地坐在那裡，把頭支在一隻手上，望著西下的夕陽，想著小愛麗絲和她提到的夢中奇幻經歷，然後自己進入了夢鄉——

一開始，她夢見了小愛麗絲本人，雙手抱著膝蓋，用明亮而熱切的眼光仰望著自己。她聽到小愛麗絲的聲音，看到了她的頭微微一擺，把蓬亂的頭髮擺順一些，這是她常常見

到的情景。當她聽著愛麗絲說話時，周圍的環境也隨著她夢中那些奇異動物的降臨，而活躍了起來。

白兔跳來蹦去，弄得她腳下的青草窸窣作響；受驚的老鼠在鄰近的池塘裏，潑濺著水逃走；她還聽到三月兔和牠的朋友在享用沒完沒了的美食時，茶杯碰撞的聲音；以及王后命令處決她不幸的客人時，他們的尖叫聲。同時，她也聽到豬小孩在公爵夫人腿上打噴嚏，以及盤碗摔碎的聲響……她甚至聽到鷹頭獅的尖叫聲、壁虎寫字的嘎嘎聲、被制止的豚鼠的掙扎聲等等。種種聲音充斥著整個空間，還混雜著遠處傳來假海龜那悲哀的啜泣聲。

於是她將身子坐正，閉起眼睛，半信半疑想著自己是否真的到了奇幻世界，儘管她知道自己只是在重溫一個舊夢，一切仍會返回現實：蒿草迎風作響，池水波紋擺動蘆葦。茶杯的碰擊聲其實是羊頸上的鈴鐺聲；王后的尖叫源自牧童斥喝的聲響；豬小孩的噴嚏聲、鷹頭獅的尖叫聲和各種奇聲怪音，原來只是農村中繁忙季節的各種喧鬧聲；遠處耕牛的低吟，在夢中變成了假海龜的哀泣。

最後，她想像她的這位小妹長大以後的樣子：她將會一直保留童年時純真的愛心。她還會招呼小孩來聽她說許多奇異的故事，或許就是許久以前的這個夢遊奇境，讓他們的眼睛睜得明亮而熱切。她也將感受兒童們單純的煩惱和快樂，憶起她自己的童年，以及那愉快的夏日時光。

愛麗絲夢遊仙境學習單

路易斯‧卡洛爾（了解作者與作品）

1. 卡洛爾從小患有口吃，導致說話時表達困難。你知道口吃是什麼樣的症狀嗎？它有哪些治療方式？

2. 卡洛爾雖然患有口吃，但他仍靠自己的口才與學識，成為一名社交達人。你曾經有過口吃嗎？當時是什麼情況？你又是如何應對的？

3. 《愛麗絲夢遊仙境》誕生於卡洛爾講給女孩們聽的故事。如果你現在講故事給孩子聽，你會想講什麼樣的故事？

愛麗絲夢遊仙境（故事內容的回顧）

1. 愛麗絲覺得什麼樣的書很無趣？

2. 帽匠和三月兔的時間觀念正確嗎？為什麼？

3. 帽匠唱了一首歌，愛麗絲聽了覺得有另一首歌跟它很像，你覺得是哪首歌？

想像力（假如故事內容發生在自己身上會怎麼做？）

1. 生活中，如果你可以控制自己身體大小的變化，你會想做什麼事情？

2. 文中愛麗絲以為如果她穿過地心到達地球的另一端，會看到用頭走路的人。假設你生活在愛麗絲想像中的那個世界，會看到什麼樣的景觀呢？

3. 透過愛麗絲姐姐，我們知道茶杯碰撞聲實際上是羊頸的鈴鐺聲，王后的尖叫源自牧童吆喝的聲響。閉上雙眼，仔細聽看看周遭的聲音，在你的腦海中又會是怎樣特別的聲音呢？

談話藝術（故事困境的延伸）

1. 愛麗絲三番兩次因為說錯話氣走老鼠。你有遇過說話方式或態度讓你討厭的人嗎？當時是什麼樣的情形？

2. 你覺得兩個人的交談應該注意哪些事情，才能讓談話愉快地進行下去？

3. 故事中愛麗絲不喜歡公爵夫人靠她太近，卻一直無法表達出來。當有個你不喜歡的人靠近，你覺得應該如何表達才能拒絕對方的接近？

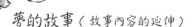

夢的故事（故事內容的延伸）

1. 你記得自己作過哪些有趣的夢嗎？描述看看。

2. 「夢中預知未來發生的事情」稱為預知夢，你有過預知夢的經驗嗎？你是什麼時後發現自己的夢是預知夢的？

3. 解夢，是分析夢裡面的內容來闡述自己的心理狀態，你覺得當你像愛麗絲一樣夢到一個栩栩如生的奇幻世界，那意味著什麼？

4. 夢境總是轉瞬即忘，你覺得有哪些方法能幫助自己記住夢境的內容呢？

5. 作夢會影響睡眠品質嗎？你覺得一整晚都在作夢，和一夜無夢比起來，哪種情況睡醒後精神比較好？

6. 你有過被夢境影響情緒的時候嗎？惡夢醒後的驚恐未定；悲傷的夢醒後的淚流滿面，你還記得是什麼樣的夢影響到你睡醒後的情緒嗎？

7. 如果你能控制作夢的內容，你會讓自己的夢呈現什麼樣的世界？夢中有什麼樣故事？你在其中扮演的角色是什麼？

槌球比賽（活動）

　　故事中愛麗絲和紅心王后與她的士兵們進行一場雞飛狗跳的槌球比賽。

　　你知道實際上的槌球比賽是什麼樣的嗎？

　　槌球最早發源於中世紀的法國和義大利，後來被日本發展成為體育競技項目。參與者分為兩隊，一隊有５個隊員。槌球場地中有三個形狀為「ㄇ」字形的小門和一根２０公分高的終點柱，每顆球過一門可１分，三個門依序通過後球撞柱可得２分，每顆球最多可得５分，每隊最多得２５分。每場比賽時間為３０分鐘，比賽結束時得分較高的一方獲勝。

　　你可以找些簡單的道具替代小門、球與球杖。

　　與家人朋友們一起玩槌球遊戲吧！

　　這次的遊戲可沒有紅心王后大喊著殺頭呢！

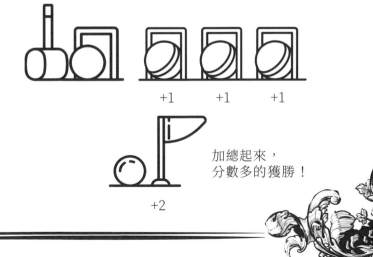

+1　　　+1　　　+1

加總起來，
分數多的獲勝！

+2

彼得‧潘

目　錄

第一章　走丟的影子

　　每一個孩子都知道自己將來會長大成人。溫蒂是這樣知道的：她兩歲那年，有一天，她在花園裡摘了一朵花，朝媽媽跑去，她那小模樣可愛極了。達林太太用手按著胸口，大聲說：「你要是永遠長不大該多好啊！」從這一刻起，溫蒂就明白了，她總有一天要長大的。

　　他們一家住在門牌十四號。溫蒂尚未出生前，媽媽是家中的靈魂人物。她愛作夢的心，就像層層疊疊的「神祕東方盒子」，一個套一個層出不窮。她還有一張甜甜會逗弄人的嘴，右邊的嘴角上總是掛著一個吻，卻是溫蒂怎樣都無法得到的。

　　達林太太還是個女孩的時候，周圍有好些男孩，他們跑著去她家求婚；只有達林先生的做法不一樣，他雇了一輛馬車，搶在他們前面，贏得了芳心。他擁有她的全部，除了內心深處的神祕盒子和她的吻。他從不知道盒子的存在，而在努力了一段時間後，也放棄了那個吻。

　　達林先生過去常對溫蒂誇口，說媽媽不但愛他，更是敬重他。他懂得股票和債券，而且挺在行的。他說起行情的神情，會使得女人都敬重他。

　　新婚時，達林太太會仔細地記帳，也做得很開心。可是漸漸地，在該記帳的地方都漏掉，反而畫上一些無臉孔的小娃娃，估計是小寶寶要來了。第一個來的是溫蒂，接著是約翰，再然後是麥克。

　　溫蒂出生後的頭兩個星期，父母親都不知道是否能養活她。有了女兒，達林先生雖然很得意，但他也是一個務實的人，他一筆一筆仔細地計算開銷帳目。達林太太以哀求的神情望著他，不管發生什麼事，她都願意放手一搏。

不過孩子們還是活下來了，不久後，姐弟三人就排成一列，由保姆陪伴著去上幼稚園了。他們的保姆是一隻名叫娜娜的紐芬蘭大狗。在達林夫婦雇用她以前，這隻狗沒有固定的主人。他們是在公園裡認識她的。

　　娜娜是一位不可多得的好保姆。給孩子洗澡時，她是多麼地認真細心。夜裡，只要有一個孩子輕輕地哭一聲，不管是什麼時候，她都會一躍而起查看孩子的情況。

　　她護送孩子上學時，如果孩子們脫隊了，她就會把他們推進隊伍裡。她從沒忘記未雨綢繆，總是會在嘴裡銜把傘。她很不喜歡達林太太的朋友們到育兒室來看孩子，但要是他們真的來了，她就會給麥克換件漂亮的圍兜，把溫蒂的衣裙整理好，再迅速梳理約翰的頭髮。

　　沒有一個育兒室比達林家的更有條理了。這一點達林先生非常清楚，不過他還是有點擔心，生怕鄰居們背地裡說閒話，他要顧及他在城裡的地位。另外，達林先生覺得娜娜不大佩服他，這一點也讓他覺得不安，儘管達林太太向他保證說，娜娜很敬重他。

　　他們比起世界上任何一個家庭都更單純、更快樂，直到彼得‧潘來臨。

　　達林太太第一次知道彼得，是在清理孩子們思緒時。天下的好媽媽都有個習慣，就是在孩子們睡著後檢查他們的思緒，把白天弄亂的回歸該有的位置。等你清晨醒來時，臨睡前那些調皮想法和壞念頭都被摺疊得小小的，壓在你心思的最底層；而那些美好的念頭，則平平整整地擺在最上層，等著你使用。

　　在每個孩子的心思地圖裡，都有一個夢幻王國。它是一個海島。要是你碰巧看到一張孩子的心思地圖，你就會看到那些曲曲折折的線條，大概就是島上的道路了。島上住著野

蠻人，有荒涼的野獸洞穴，快要坍塌的茅屋，還有一位長著鷹勾鼻的小老太太等等。總之，一切都是雜亂無章，沒有一樣東西是靜止不動的。

當然，每個人心中的夢幻島都不大一樣，比如，約翰的夢幻島上有一個湖泊，湖上飛著紅鶴；麥克的正好相反，湖泊是在紅鶴上飛。溫蒂住在一間用樹葉編成的屋子裡，她還有一隻寶貝小狼。

偶爾達林太太漫步在孩子們的心思裡時，會發現一些令她困惑的東西。其中最令人費解的，就是彼得這個名字。它在孩子們的心中不停出現。

「他是誰呀，寶貝？」達林太太問過溫蒂。

「他是彼得‧潘呀！媽媽，你知道的。」

達林太太回憶童年，想起了彼得‧潘。傳說，他和仙子們住在一起。他的故事可怪著呢！達林太太小時候相信過他的存在，不過現在她結了婚，就很懷疑是不是真有這樣一個人。她對溫蒂說：「但是現在，他應該已經長大了吧！」

「不，他才沒有長大！」溫蒂很確信地告訴媽媽：「他就跟我一樣大。」

達林先生聽說後，只是輕描淡寫地對達林太太說：「相信我，一定是娜娜對他們胡說的，這是狗才會有的想法。別管它，這股風很快就會吹過去的。」

可是這股風並沒有過去，不久，這個專門製造麻煩的男孩，就讓達林太太嚇了一大跳。一天早上，達林太太在育兒室的地板上發現了幾片樹葉，她覺得事有蹊蹺，因為昨天晚上孩子們上床時，分明還沒有看到樹葉，但溫蒂卻毫不在意地笑著說：

「一定又是彼得做的好事啦！」

「你這是什麼意思，溫蒂？」

「他真淘氣，玩完了也不把地掃乾淨。」溫蒂嘆了口氣說。她表示，彼得有時會在夜裡來到育兒室，坐在床頭吹笛子給她聽。

「你胡說些什麼，寶貝！沒有人不敲門就進屋裡來。」

「我想他是從窗子進來的吧！」溫蒂說。

「親愛的，這是三樓啊！」

「樹葉不就落在窗戶邊嗎，媽媽？」

達林太太趴在地板上，點上蠟燭查看是否有陌生人的腳印。她用捲尺量，窗子的高度有三十英尺，而牆上連一個可供攀爬的出水管都沒有。

「溫蒂一定是在作夢。」她想。可是溫蒂確實不是在作夢。因為隔天晚上，孩子們偉大的冒險就要開始了。

那天晚上，達林太太給孩子們洗了澡，又給他們唱了首歌，直到他們一個個溜進了夢鄉。一切都顯得那麼安詳和舒適，於是她坐在火爐旁，靜靜地縫起衣裳來。育兒室閃著微弱的三盞燈，爐火熱烘烘的，不一會兒她也睡著了。

達林太太做了一個夢。她夢見一個陌生的男孩從夢幻島裡闖了出來，把遮掩著夢幻島的那一層薄幕撥開了，溫蒂、約翰和麥克正從那道縫向裡窺視。

就在她作夢的時候，育兒室的窗戶被風吹開了，有一個小男孩跳到地板上。伴隨著他的，還有一團比拳頭還小的光芒，那團光在房間裡四處亂飛。

那團光芒把達林太太驚醒了。她一見到那個男孩，不知為何，她一下子就明白那就是彼得‧潘。他是一個很可愛的男孩，穿著用樹葉和樹漿做成的衣服。他一見達林太太是個大人，就露出珍珠般的乳牙，對她齜牙咧嘴。

達林太太不由得大聲尖叫。接著，房門打開，娜娜從外面衝進來，咆哮著撲向那個男孩。男孩輕巧地從窗口跳了出

去。達林太太又尖叫了一聲，以為他會摔死，當她急忙跑到街上——小男孩不見了。她抬頭張望，只見一顆流星一樣的亮光劃過夜空。

達林太太回到育兒室，看見娜娜嘴裡啣著一樣東西，原來是男孩的影子。他剛才往窗外跳的時候，娜娜迅速地關上窗戶，影子還來不及出去，被扯了下來。

達林太大仔細地檢查那個影子——不就是個普通的影子嘛！她想把影子拿給達林先生看看，可是這會兒去打擾他不太合適。於是達林太太就把影子捲起來，小心地收藏在抽屜裡，想等適當的機會再告訴他。

一個星期後，機會果然來了。那是一個永遠無法忘記的星期五。

「遇到星期五，我應該加倍小心才對。」事後，達林太太老是這麼對丈夫說。「不，不！」達林先生總是說：「都是我的錯。」

就這樣，他們夜夜坐在一起，回憶著那個不祥的星期五夜晚，直到所有的細節都清晰地刻印在他們的腦子裡。

「要是那天我不出門去參加二十七號舉辦的那場晚宴就好了。」達林太太說。

「要是那天我沒把我的藥倒在娜娜的碗裡就好了。」達林先生說。

「要是那天我假裝愛喝那藥水就好了。」娜娜眼淚汪汪地表示。

就這樣，他們坐在空蕩蕩的育兒室裡，呆呆地回想著那個可怕的夜晚所發生的每個細節。那天晚上，一開始是平安無事的，和往常一樣，娜娜倒好了洗澡水，然後背著麥克去洗澡。兩個大孩子正在玩遊戲。

達林太太穿著白色晚禮服，老早就打扮好了。當時達林

先生也正為赴宴穿戴打扮，可是打領結的時候，他碰上了麻煩——這小東西居然不肯聽他的擺布。達林先生手裡捏著揉成一團的小領結，衝進了育兒室。達林太太就用自己那雙靈巧的手，不費吹灰之力繫好了領結。達林先生的怒氣轉眼全消，他背起洗好澡的麥克在房裡跳起舞來。

　　這時娜娜進來了，達林先生不幸和娜娜撞個正著。他的褲子上黏滿了狗毛，這可是他第一次穿上鑲邊褲子。他咬住嘴唇，免得眼淚掉下來。雖然達林太太後來幫他把狗毛刷掉了，但他還是抱怨著說，用一隻狗當保姆是個錯誤！

　　「喬治，娜娜是我們的寶啊！」達林太太說。

　　「那當然。不過我總擔心她把孩子們當小狗看待。」

　　「不，親愛的，她是知道孩子們擁有自己的靈魂的。」

　　「我很懷疑。」達林先生思考著說。他的妻子覺得這是一個好機會，就把那個影子拿出來給他看。達林先生認真推敲了起來。

　　「這人我不認識，」他仔細端詳那個影子。「不過看起來不像個善類。」

　　「你記得嗎？就在這時候，娜娜把麥克的藥帶進來了。娜娜，你以後再也不要把藥瓶啣在嘴裡了。都是我的錯。」達林先生回憶說。

　　他的弱點就是一直以為自己吃藥很勇敢，因此當麥克閃避娜娜啣在嘴裡的那一匙藥時，他責備他說：「要像個男子漢，麥克。」

　　「我不要！不要！」麥克淘氣地喊。達林太太看著於心不忍，走出房間去拿巧克力。

　　「孩子的媽，不要嬌慣他，」達林先生衝著她的背喊：「麥克，我像你這麼大的時候，吃藥一聲也不吭，還會謝謝爸媽，讓我的病早日康復。」

　　已經穿好睡衣的溫蒂，為了鼓勵麥克吃藥，她說：「爸爸，你經常吃的那種藥，是不是比這還要難吃？」

　　「難吃得多，」達林先生一本正經地回答：「要不是我把藥瓶子弄丟了，麥克，我現在就示範給你看。」

　　「我知道藥瓶在哪兒，」溫蒂喊道：「我去拿來。」

　　達林先生還沒來得及阻止她，她就跑了出去。他發著抖說：「那玩意兒難吃死了。」這時，溫蒂手裡拿著一瓶藥水跑了進來。

　　「麥克先吃。」達林先生固執地說。

　　「爸爸先吃。」麥克語帶懷疑，「爸爸，我等你吃。」

　　「你等著，我也等著呢！」爸爸嘟囔著說。

　　溫蒂想到一個好主意：「為什麼不兩個同時吃呢？」溫蒂數著一、二、三，麥克吃下了他的藥，可是達林先生卻把他的藥藏到了背後。

　　三個孩子一副很不服的樣子。娜娜這時走進浴室，達林先生說：「你們瞧，我想到一個絕妙的玩笑──如果我把我的藥倒進娜娜的碗裡，她會以為那是牛奶，把它喝下去！」

　　當他們的爸爸這樣做的時候，孩子們用責備的眼神看著他。但是在達林太太和娜娜都回到房間時，他們卻沒敢去拆穿這件事。

　　「娜娜，乖狗狗。」達林先生拍拍她：「我在你的碗裡倒了一點牛奶！」娜娜搖著尾巴，興奮地跑過去把藥喝了。接著，她望了達林先生一眼，那眼神不是憤怒，但是讓他看到了她的眼眶滴下大顆淚水。然後，她默默地爬進了狗屋。

　　達林先生感到慚愧，卻不肯讓步。在駭人的沉寂中，達林太太聞了聞那個碗。「噢，喬治，」她說：「這是你的藥啊！」

　　「開個玩笑而已！」他吼著。

達林太太安撫兩個小孩，溫蒂過去摟住娜娜。

達林先生嚷道：「很好，只理她，沒人理我，我不過只會賺錢養家嘛！」

達林先生再也不能容忍那隻狗在育兒室裡主宰一切了。孩子們哭了起來，娜娜想跑過來向他求情，但他揮手叫她離開。

「喬治！別忘了我說的那男孩！」達林太太低聲地說。

他充耳不聞，決心要大家看看誰是家裡的主人。他粗暴地把娜娜拖出育兒室，拴在後院裡。他感到慚愧，但還是做了，因為他實在太想得到孩子們的敬重。然後他便在走廊坐下，用雙手掩住眼睛。

達林太太打發孩子們上了床，點亮了夜燈。他們都聽見了娜娜的吠叫聲。

「這都是因為她被拴在院子裡了。」約翰嗚咽著說。

「娜娜不是不高興，」溫蒂說，「她是聞到了危險才這麼叫的。」

「你能肯定嗎？溫蒂。」

「當然。」

達林太太發抖了，她走到窗前。窗子關得嚴嚴實實。夜空裡灑滿了星星，她沒有注意到有一、兩顆小星星正在向她眨眼睛。

達林先生和太太出門了。滿天的星星都在窺視著他們。他倆走進二十七號公寓，門才剛剛關上，天空就立刻起了一陣騷動，最小的一顆星星高聲喊道：「來吧，彼得！」

第二章　起飛！

　　爸爸媽媽出門後沒多久，溫蒂的那盞夜燈就眨了一下眼睛，打了一個大哈欠，其他兩盞也打了哈欠，來不及閉嘴時燈就熄了。這時候，房間裡出現另外一道光，比夜燈亮一千倍。那是小仙子「叮叮鈴」，因為她飛得特別快，形成了一道亮光。她還不到巴掌大，身上裹著一片精緻的樹葉，領口裁得很低，恰到好處地顯露出她優美的身段。她在每個抽屜裡尋找彼得的影子。

　　過了一會兒，窗子被小星星吹開了，彼得跳了進來。他輕聲喚道：「叮叮鈴，找到我的影子了嗎？」叮叮鈴告訴他影子在那個櫃子裡的抽屜，彼得立刻蹦到抽屜前，把裡面的東西都捧出來撒在地板上。不一會兒，他找到了他的影子。他高興極了，一不小心就把叮叮鈴關在抽屜裡了！

　　彼得以為自己只要和影子一挨近，就可以像兩滴水似的連在一起。可是他失敗了，這可把他嚇壞了。他試著用浴室裡的肥皂來黏，可是也失敗了。

　　彼得坐在地板上哭了起來。

　　溫蒂被哭聲吵醒了，她在床上坐了起來，也不怕，也不慌，只覺得有趣。「小男孩，」她有禮貌地說：「你為什麼哭？」彼得站起來，優雅地向溫蒂鞠躬。溫蒂也在床上鞠躬回禮。

　　「你叫什麼名字？」彼得問。

　　「溫蒂・莫伊拉・安琪拉・達林。」她得意地回答，並有禮貌地反問他，「那你叫什麼名字？」

　　「彼得・潘。」彼得第一次覺得自己的名字太短。

　　溫蒂問他住在哪兒。彼得說：「右邊第二條路，一直向前走，走到天亮。」

「這地址真怪！你們在信封上就是這麼寫的嗎？」她委婉地說。

「我從不收信。」他輕蔑地說。

溫蒂問：「可是你媽媽總會收信吧？」

「我沒媽媽。」彼得說，他從沒想過要有媽媽，他認為人們把媽媽看得太重要了。

溫蒂立即覺得是他母親遭遇了不幸，「啊，怪不得你要哭了！」

「我才不是為了媽媽哭，」彼得有點氣憤地說：「我會哭，是因為我沒法把影子黏上。再說，我也沒哭。」

溫蒂看見了地板上的影子。「得用針線縫上去才行。」她說：「我來幫你縫上。」於是，她拿出針線盒來。「恐怕會有點兒疼的。」她警告說。

「啊，我一定不哭！」彼得說。

不一會兒，影子縫好了，彼得欣喜若狂地滿屋亂跳。他早就忘記是溫蒂幫忙，還以為影子是自己黏上的。

「我多聰明啊！」彼得開心地大叫。「你也幫了一點點忙。」彼得漫不經心地繼續跳著。

「一點點！」溫蒂高傲地說：「既然我沒有用，那我走好了。」說完，便用毯子蒙上臉。

「溫蒂，」彼得說：「不要啦！我只是一高興就忍不住大叫。」溫蒂還是不抬頭，但她認真地聽著。

「溫蒂！」彼得說了一句女孩難以抗拒的話：「一個女孩比二十個男孩都管用啊！」

這時候的溫蒂可是個十足的女生，她從毯子底下探出頭來，問：「你真的這麼想嗎？」

溫蒂爬起來，和彼得一起坐在床沿上，「你實在太可愛了。」她還說他願意的話，可以給他一個吻。彼得不明白什

麼是吻，以為要給他東西，就把手伸出來。溫蒂為了不傷他的心，給了他一個頂針，而彼得給了她一顆橡實鈕扣，她把它繫在項鍊，戴在脖子上。（頂針，是一種金屬做的指環，在使用針線縫紉時可以保護手指。）

溫蒂問彼得他幾歲了。「我不知道，」彼得神情不安地回答：「可是我還小著呢！我生下來的那一天就逃家了。」溫蒂很驚訝，可是又很感興趣。

「因為我聽見父母親在談論，我將來長大會成為一個什麼樣的人。」彼得低聲解釋說：「但是我不願長成大人，」他激憤地說：「我要永遠當個小孩。所以我就逃到了肯辛頓公園，和仙子們住在一起。」

溫蒂羨慕地看著他。在她看來，和仙子們在一起，一定非常有趣。她一連問了一大串關於仙子的問題。彼得便開始為她解釋仙子的由來：

「當新生兒第一次笑，笑聲都會碎成一千片，碎片跳來跳去，就幻化成了仙子。所以，每一個孩子都應該有一個仙子。可是，當孩子懂得越來越多，就不相信有仙子了。只要有一個孩子說『我不相信仙子』，在某個地方就會有一個仙子墜落下來死掉。」

彼得忽然想起叮叮鈴已經好一陣子沒出聲了，就站起身來，叫著叮叮鈴的名字。

「彼得，」溫蒂驚喜得緊緊抓住他：「你該不會要說這屋裡有個仙子吧！」

「她剛才還在這兒的。」

「我好像聽見鈴鐺叮叮響的聲音。」溫蒂說。聲音是從抽屜裡發出來的。彼得打開抽屜，把可憐的叮叮鈴放出來。

「你這個大笨蛋！」氣呼呼的叮叮鈴說罷，便飛進浴室裡去了。

溫蒂又問了彼得許多問題：「你平時住在哪兒？」

「跟走失的男孩住在一起。」

「他們都是誰呀？」

「他們是保姆向別處張望時，不小心從嬰兒車裡掉出來的孩子。要是七天之後還沒人來認領，他們就被遠遠地送到夢幻島去了。我是他們的隊長。」

「那多好玩啊！」

「不過我們挺寂寞的。因為那裡沒有女孩子。」彼得狡獪地說：「你知道，女孩子太機靈，是不會從嬰兒車裡掉出來的。」

這番奉承的話，說得溫蒂心裡喜孜孜的，「你說得真是太好了。那個躺在那裡的約翰，他就瞧不起我們女孩子。」為此，彼得起身走過去，一腳把約翰踹下床，但約翰在地板上照樣安安穩穩地睡著。

「我知道你是好意，」溫蒂說：「你可以給我一個吻。就像這樣。」她吻了彼得一下。

「真有意思！」彼得莊重地說：「現在我也要給你一個吻嗎？」

「要是你也願意的話。」溫蒂說，這一回她把頭擺得端端正正的。

彼得給了她一個吻。

但幾乎就在同時，溫蒂尖叫了一聲：「好像有什麼人揪著我的頭髮。」果然，叮叮鈴在他們周圍飛來飛去，嘴裡還在叮叮唸唸。

「叮叮鈴說，每次我給你一個吻的時候，她就要扯你頭髮。」彼得對溫蒂說。他不明白這是為什麼，但溫蒂已經明白了。

彼得告訴溫蒂，他到這兒來是為了聽故事：「溫蒂，你

媽媽那天給你講的那個玻璃鞋的故事真好聽啊！」

「那是灰姑娘的故事。」溫蒂興奮地說：「我還知道好多故事呢！」

彼得興奮地抓起她的手，說：「溫蒂，你跟我走吧！去講給那些孩子聽。」

她很樂意，可是她說：「不行，媽媽會擔心。再說，我也不會飛呀！」

「我教你飛。我教你怎樣跳上風的背，然後我們就可以一起飛了。你可以和星星們聊天，你還能看到美人魚。」

「啊！」溫蒂興奮地大叫：「我想去看美人魚！」

「溫蒂，」彼得說：「大夥兒會很喜歡你喔！」

溫蒂苦惱地扭動著身體，似乎在努力說服自己留下來。

「晚上你可以給我蓋被子。」狡猾的彼得說：「從來沒有人給我們蓋被子。」

「哎呀！」溫蒂同情地擁抱彼得。這叫她怎麼拒絕得了他的要求？

她喊道：「彼得，你也能教約翰和麥克飛嗎？」

「當然。」彼得無所謂地說。

於是溫蒂跑到約翰和麥克身邊，把他們搖醒。他們都起來了，彼得比了個手勢，叫他們別出聲。

有狀況！叫了一整夜的娜娜，這會兒卻一聲不吭了。

「熄燈！快躲起來！」約翰喊道。女僕莉莎牽著娜娜進來的時候，育兒室已經恢復了安靜與漆黑。三個小主人還發出甜美的鼾聲，其實他們正躲在窗簾後面。

莉莎心裡一肚子氣，她本來在廚房裡做聖誕節布丁，娜娜卻叫個不停，她只好停下手裡的活，領著娜娜來育兒室巡視。

「瞧，是你太多心了，」她說：「他們睡得正香。聽聽

他們那輕柔的呼吸吧！」娜娜分辨得出這種呼吸聲，她想掙脫莉莎的手。

「別來這一套，娜娜。」莉莎嚴厲地說，把娜娜拽出了房間，把她拴起來。

娜娜拚命地掙斷束縛後，飛快地衝進二十七號公寓的餐廳，兩隻前掌朝天舉起。達林夫婦立刻明白，他們家育兒室出事了。

此時的育兒室裡，彼得正在教三個孩子飛，他把自己手掌上的仙塵往每人身上吹了一點。

勇敢的麥克第一個起飛，「我會飛了！」

然後他一下子就飛過了房間，約翰和溫蒂也飛起來了。

「啊，太妙啦！」

「啊，太棒啦！」

他們飛得都沒有彼得優雅，老是忍不住蹬一下腳，不過頭已經往天花板東碰西頂。他們幾人飛上飛下，繞了一圈又一圈。

約翰喊道：「我們飛出去吧！」這正是彼得想引誘他們做的事。約翰準備好了，但溫蒂猶豫著。

彼得又說一次：「記得美人魚吧！」

約翰便一把抓起主日戴的帽子說：「我們馬上走吧！」

此時，達林夫婦帶著娜娜衝到街上，他們抬頭望著育兒室的窗子，看見窗簾上映出三個穿睡衣的小身影，繞著房間轉圈兒，他們不是在地上，而是在半空中！不是三個身影，是四個！

星星又一次吹開窗子，最小的一顆星喊道：「彼得，逃呀！」

「來吧！」彼得果斷下令後，立刻飛進夜空，後面跟著約翰、麥克和溫蒂。

　　達林夫婦和娜娜衝進育兒室，可是晚了一步，鳥兒們已經飛走了。

　　起初，飛行非常地有趣。溫蒂他們不知道飛了多久，只知道飛過一片大海，又一片大海。天有時候很黑，有時候又很亮；有時候很冷，有時候又太熱。他們不知道自己是真餓假餓，只覺得彼得覓食方法很有趣，是和鳥兒彼此追逐搶食物；他們也會想睡覺，只要一打盹，就直往下墜，很危險。可是，彼得竟然覺得這很好玩！

　　當麥克像塊石頭似的往下墜時，彼得歡快地喊道：「快看，他又掉下去了！」

　　「救救他！」望著下面那片洶湧的大海，溫蒂驚恐地大叫。就在麥克即將掉進海裡的一剎那，彼得才一個俯衝，把麥克抓住了。

　　彼得能在空中睡覺而不往下墜，他只要仰臥就能飄浮。他還能飛近水面，一邊飛，一邊用手去摸每條鯊魚的尾巴。

　　「我們得對他好一點，」溫蒂悄悄對弟弟們說：「要是他扔下我們不管怎麼辦？想想看，他不在身邊，我們老是撞上那些浮雲怎麼辦？」的確，他們飛得還不錯，但常常看見前面有一團雲，越想躲開，就越是非撞上不可。

　　彼得飛得快，有時飛下去冒險，有時飛上去和星星們說話，但一轉身就忘了發生的事，有時甚至忘了他們是誰。儘管一路上偶爾有點小爭執，可是整段旅程還算愉快。

　　終於，夢幻島到了。

　　「就在那兒，所有箭頭指向的地方。」彼得平靜地說。

　　沒錯，太陽射出了一百萬支金箭，給孩子們指出了島的位置。他們一眼就認出它，心裡還沒想到害怕，就大聲歡呼起來。他們感覺，夢幻島就像是度假回家遇見的老朋友。不過，他們的恐懼很快就會降臨了。

金箭一消失，整座島便陷入了黑暗中。島上一一出現的野蠻地帶越來越大，到處晃動著黑影；獵食野獸的吼聲，也變得不一樣，會讓人喪失得勝的信心。以前在家，夢幻島只是假想的王國，現在一切都是真實的。

　　本來分開飛翔的他們，現在都緊挨在彼得身邊。彼得也收起漫不經心的神情，目光炯炯。

　　他們低空飛越這令人生畏的島。在空中，雖沒遇見什麼可怕的東西，卻越飛越慢，而且吃力，彷彿必須推開敵對的力量才能前進。

　　「他們不想讓我們著陸。」彼得解釋道。

　　「他們是誰？」溫蒂打了一個寒顫。

　　彼得沒說什麼。他把睡在他肩上的叮叮鈴叫醒，叫她飛在前面。有時，他飄浮在空中，把兩手放在耳邊仔細聽，明亮的雙眼直盯著下方。

　　「就在我們下方的草原上，有一個睡著的海盜，」彼得忽然對約翰說：「你想去冒險嗎？我們可以下去殺死他。」

　　「要是他醒著呢？」

　　「就算他睡著我也會叫醒他，再殺了他，這就是我的作風。」

　　約翰沒同意，又問：「島上是不是還有許多海盜？」

　　彼得說多著呢！

　　「現在誰是船長？」

　　「詹姆斯·虎克。」彼得的臉沉了下來。

　　麥克哭了起來，約翰也哽咽了，因為他們已經久聞虎克的惡名。

　　「他個頭大嗎？」約翰啞著嗓子低聲問。

　　「沒以前那麼大了。我把他的右手砍掉了。」

　　「那他現在不能戰鬥了嗎？」

「他照樣能戰鬥！他用一支鐵鉤子代替右手當武器。」

彼得接著說：「約翰，只要是聽我命令做事的男生，都要答應我一件事，你當然也不例外。」約翰一臉蒼白。「那就是，要是我們和虎克打起來，你要把他留給我對付。」

「我答應。」約翰順從地說。

他們暫時感覺沒那麼害怕了，有叮叮鈴陪他們飛翔，在她的亮光照耀下，可以分辨出彼此的身影。可是，這亮光會讓海盜發現他們。

「叮叮鈴告訴我，」彼得說：「海盜已經把大炮拖出來了。想必他們會看見這亮光，要是猜到我們就在這附近，準會開火打我們。」

「叫叮叮鈴馬上走開，彼得。」姊弟三個人同時喊著。可是彼得拒絕了。

「她也很害怕。」彼得固執地回答：「我怎麼能在這時候把她打發走呢！」

「那就告訴她，」溫蒂懇求說：「把亮光熄滅吧！」

「熄滅不了，等她睡著，亮光才會自然地熄滅，就像星星一樣。」彼得說，但他倒是想出一條妙計：把叮叮鈴裝在約翰的帽子裡！叮叮鈴同意，只要帽子是用手拿著，她希望是彼得拿著帽子。不過最後決定還是由約翰來拿，不久後又由溫蒂接手。

亮光完全藏在黑帽子裡，他們靜悄悄地繼續往前飛，四周寂靜得實在可怕。

「要是有點什麼聲音就好了！」麥克喊道。

就像回答他的請求似的，空中爆發一聲巨響。海盜們向他們開炮了！

等天空歸於平靜，約翰和麥克發現，黑夜中只剩下他們兩人。彼得被大炮轟起的風遠遠地吹到海上；溫蒂則被吹到

更上方去了，只有叮叮鈴和她在一起。

　　叮叮鈴從帽子裡鑽出來，前後來回地飛著，而且彷彿在跟溫蒂說：「跟我來，就什麼事都沒了。」

　　她聽起來很和善，但似乎藏著什麼詭計。

第三章　歡迎來到夢幻島

　　夢幻島因為彼得即將歸來，重新變得生氣勃勃。這個晚上，島上正在進行以下的勢力部署：孩子們尋找著彼得，海盜追捕著孩子們，印第安人搜索著海盜，野獸窺伺著印第安人。他們全都繞著島團團轉，可是，誰也碰不上誰，因為他們行動的速度是相等的。

　　島上一共有六個迷失的孩子，包括一對雙胞胎。他們排成一列，一個個手握刀柄，偷偷地向前進。

　　第一個走過去的是圖圖。他比所有人冒險的次數都還要少，因為每次總是在他轉身離開的時候，大事才發生。有時他只是出去撿柴火，當時一切還很平靜，等他回來時，別人已經在清理戰鬥留下的血跡了。

　　運氣差使得他總是有些憂鬱，不過他非但沒有變得脾氣暴躁，性情反而更為溫和，因此他是最謙遜的一個。

　　第二個經過的是快樂和氣的尼布斯，他吹著哨子手舞足蹈。後面跟著斯萊特利，他是最驕傲的一個，自認還記得走失以前的事，所以他的鼻子總是翹得高高的，真惹人厭。

　　第四個是捲毛，他是個小淘氣。每次彼得板著面孔說：「誰做的站出來！」的時候，第一個站出來的總是他，也不管是不是他做的。

　　走在最後的是那對孿生兄弟。只要形容他們的相貌，一定會把他們搞錯。彼得不知道什麼是雙胞胎，所以他們也搞不清楚自己。為了避免其他人誤會，他們倆總是寸步不離地守在一起。

　　孩子們的身影在黑暗中逐漸消失了。隨後不久，海盜們便跟蹤而來。未見海盜，先聞其聲，就是那首駭人的歌曲：

繫上纜繩，唷呵，拋錨停船！
要是炮彈打散我們，
咱們去打劫嘍！
咱們必在海底相見！

　　走在最前面的是英俊的義大利人奇科，他赤裸著兩條強壯的胳臂，頻頻把頭貼在地面仔細聆聽。走在他後面的是一個彪形黑大漢。接著是渾身都是刺青的比爾‧鳩克斯，和殺起人來也文質彬彬的史塔奇，還有看起來特別和藹的水手長斯密，以及其他無人不知無人不懼的惡棍們。

　　在這幫邪惡的匪徒中，最邪惡的要算詹姆斯‧虎克。此刻，他舒服地躺在一輛大車裡，他沒有右手，用一支鐵鉤代替，正不斷揮動，催著手下趕快拉車。

　　他的面容暗沉，頭髮長而鬈，五官英挺；他的眼睛透著一股深沉的憂鬱，當他把鐵鉤對準你，兩眼會燃起可怕的紅光。保有貴族氣勢的他彬彬有禮的時候，也即是他最陰險的時候。他天不怕，地不怕，只怕看到自己的血。但毫無疑問地，他身上最令人毛骨悚然的部分，是那支鐵鉤。

　　在一大夥人行進途中，一個海盜笨手笨腳地湊到虎克跟前，弄皺了他那綴著花邊的衣領。霎時鐵鉤伸了出來，只聽見一聲慘叫，屍體就被踢到一邊去了。海盜們不為所動，仍然繼續前進，虎克嘴裡叼著雪茄，連拿都沒有拿出來呢！

　　這可怕的男人，就是彼得要對抗的人。

　　尾隨在海盜後面的是悄無聲息的印第安人，他們瞪大眼睛，手持戰斧和刀，赤裸的身上塗滿了油彩，並掛著一串頭皮。打頭陣的是魁梧的黑豹，他是一名勇士，脖子上掛著最多頭皮。殿後的是虎蓮公主，她是個自負的大美人，勇士們都想娶這個難以捉摸的女人為妻，可是她總是會用斧頭擊退

所有的求婚者。

印第安人來無影、去無蹤。他們消失後，緊接著而來的是一大群野獸：獅子、老虎、熊等等，牠們都垂著舌頭，看來都餓了。野獸過去以後，最後一個角色上場了，那是一隻巨大無比的鱷魚。

鱷魚過去沒多久，男孩們又出現了。這列隊伍必須持續前進，要是有誰停止或改變速度，很快就會相互打成一團。大家都全神貫注盯著前方，沒有想到危險會從背後襲來。

男孩們頭一個脫離這個不斷循環的圈子。他們躺在草地上，那兒離他們地下的家很近。

他們一個個心神不寧地說：「我真希望彼得回來。」

「只有我一個人不怕海盜。」斯萊特利說。遠處突然出現響聲，驚得他趕緊又說：「不過，我也希望彼得回來，給我們講講灰姑娘後來怎樣了。」

他們開始談論灰姑娘。圖圖相信，他母親一定長得很像她。只有當彼得不在的時候，他們才能談起母親，因為彼得禁止談這個話題。

這時，遠處又傳來海盜的歌。轉眼間，孩子們就溜得無影無蹤。除了尼布斯跑到別處偵察敵情，其他人全都回到了地下的家裡。

他們是怎麼回去的？看不到任何入口呀！再仔細瞧，你會發現這兒有幾株大樹，樹幹是空心的，和小男孩的身圍差不多大小，這就是通往地底家園的七個入口。幾個月來，虎克一直在找，卻沒有找到。

海盜們走近了。史塔奇眼尖，瞧見尼布斯穿過樹林逃跑了，立刻拔出手槍，可是一支鐵鉤抓住他的肩膀。

「把手槍放回去。」虎克威脅著說：「槍聲會引來虎蓮公主和印第安人。你頭皮不想要了嗎？」

「我可以去追他嗎，船長？」斯密哀求著。

「不是現在，」虎克陰險地說：「我要把他們七個通通解決掉。現在分頭去找！」於是，海盜們在樹林裡散開，只剩下船長和斯密兩個人。

「我最想抓的是他們的隊長彼得‧潘，就是他砍掉了我的手臂。」虎克激動地說，他惡狠狠地揮動著那支鐵鉤。

「我等了很久，我要用這玩意兒和他握手。噢，我要把他撕碎！」接著，他皺起了眉頭，畏縮地說：「彼得把我的胳臂扔給了一隻正好路過的鱷魚。我只怕那隻鱷魚，牠很喜歡我的手臂，從那以後，牠就一直跟著我，想吃我身體的其餘部分。」

虎克在一個蘑菇上坐了下來，聲音有點顫抖地說：「那隻鱷魚本來早該把我吞下肚了，幸好之前牠吞了一個鐘。鐘在牠肚子裡滴答滴答響，只要牠一挨近我，我聽到鐘的滴答聲，就會一溜煙逃跑了。」

「總有一天，鐘會停住，」斯密說：「那時，牠就會逮著你了。」

虎克舔舔嘴唇，「可不是嘛！」他說：「這就是我日夜提心吊膽的原因啊！」

虎克坐下來以後，一直覺得身上出奇地熱。「斯密，這個座位是燙的！」他猛地跳了起來，「活見鬼，我都快被烤焦了！」

兩人本想摘下蘑菇，沒想到一碰它立刻掉了下來，原來這蘑菇沒有根；更怪的是，有一股煙立刻冒了出來。

「煙囪！」他們異口同聲地驚呼。這是孩子們地底家園的煙囪。不只是煙，孩子們的聲音也傳了上來。海盜們陰險地聽了一會兒，然後把蘑菇放回原處。他們環視四周，發現了七棵樹裡的洞。

「他們說彼得‧潘不在家。」斯密小聲說。虎克點了點頭，凝神思考了好一陣子，一絲僵硬的微笑浮現在他黝黑的臉上。

「回到船上去，烤一個又香又濃的大蛋糕，再撒上綠色的糖粉。」虎克從牙縫裡慢慢地擠出這些話：「我們把那個蛋糕放在美人魚的礁湖岸邊，他們看到蛋糕，一定會狼吞虎嚥地把它吃下去。哈哈，他們死定了。」

斯密越聽越佩服，喊著：「這是我聽過最邪惡、最妙的計謀。」他們狂喜地邊跳邊唱，可是他們還沒把歌唱完，就被另外一個聲音給打斷了。

那聲音離得越近就越清晰：「滴答」，「滴答」，「滴答」……

虎克站著發抖，喘息著說「是那隻鱷魚！」後，立刻拔腿就逃。果然是那隻鱷魚，牠身上淌著水，在虎克身後緊追不捨。

孩子們回到地面上的時候，發現尼布斯氣喘吁吁地跑了過來，後面還追著一群凶惡的狼。尼布斯跌倒在地，大喊：「救救我，救救我！」

在這千鈞一髮的時刻，男孩們不約而同地喊道：「彼得會怎麼辦？」然後幾乎異口同聲地又說：「彼得會從胯下盯著牠們看。」這種可怕的姿勢是對付狼的妙招，所以他們一齊彎下腰，從雙腿之間往後看去，嚇得那群狼全夾著尾巴逃之夭夭了。

尼布斯從地上爬起來，驚恐不減地喊道：「有一隻大白鳥朝這邊飛過來了！」

「那是一隻什麼鳥？」

「我不知道，」尼布斯驚魂未定地說：「可是牠看起來很累，還一面飛一面呻吟地說『可憐的溫蒂』。」

「瞧，『牠』來了。」捲毛喊，指著天上的溫蒂。溫蒂差不多已經飛到他們的頭頂上空，孩子們聽見叮叮鈴尖屬的叫喊。這滿心嫉妒的仙子，正從四面八方攻擊溫蒂，每碰到她的身體，就狠狠擰上一把。

　　「喂，叮叮鈴！」感到驚奇的孩子們喊道。

　　叮叮鈴回答道：「彼得要你們射死溫蒂。」

　　「那我們就照彼得的吩咐做吧！」孩子們嚷嚷著。

　　圖圖手裡正拿著弓箭，叮叮鈴看到了，激動地搓著她的小手。

　　「快呀，圖圖！」她大聲叫道：「彼得會很高興的。」

　　圖圖興奮地張弓搭箭，接著就把箭射了出去。

　　溫蒂緩緩落到地上，胸口上插了一支箭。糊塗的圖圖站在溫蒂身邊，一副勝利者的姿態說：「我已經把溫蒂射下來了，彼得一定會很高興的。」

　　叮叮鈴大喊了一聲「笨蛋！」之後，便竄到別處躲起來了。孩子們圍在溫蒂周圍，盯著她看。樹林裡寂靜得駭人。

　　斯萊特利先開口：「這才不是什麼鳥，」他驚恐地說：「她應該是一位女孩！」

　　「女孩？」圖圖不由得發起抖來。「而我們殺了她。」尼布斯沙啞著說。

　　「是彼得把她帶來給我們的。」捲毛悲痛地癱倒在地。

　　「好不容易有個女孩來照料我們，你竟然把她殺了！」雙胞胎中的一個說。

　　圖圖的臉變得慘白，「是我幹的！」他以從未有過的沉重語氣說：「以前我要是夢到女孩，總是衝著她喊『美麗的母親』。這回她真的來了，我卻把她射死了！」

　　就在這時，他們聽到彼得叫喊的聲音。「快點把她藏起來。」他們低聲說，然後慌忙把溫蒂圍在中間。

「大家好啊，孩子們！」彼得降落到他們面前。他們機械地向他道了好，接著便是一陣沉默。

「我回來了，」彼得皺起眉頭，惱火地說：「你們為什麼不歡呼？」他們張了張嘴，可是歡呼不起來。

「好消息，孩子們，」他喊道：「我終於給你們帶來了一位母親。你們沒看見她嗎？她朝這邊飛過來的。」

「彼得，」圖圖砰的一聲跪倒在地，沉重地說：「我要讓你看看她。」別的孩子還想遮掩，圖圖卻說：「退後，讓彼得瞧瞧。」於是他們全都退到後面。

彼得看了一會兒，不知該怎麼辦才好，「她死了。」彼得把箭從溫蒂心上拔下來。面對他的隊伍，屬聲地問：「這是誰的箭？」

「是我的箭，彼得。」圖圖再次跪下說。

彼得舉起箭，把它當做一把劍。圖圖毫不畏縮地袒開胸膛，「刺吧，彼得，」他堅定地說：「使勁刺。」彼得兩次舉起箭來，又兩次垂下了手。

「我刺不了，」彼得驚詫地說：「有什麼東西阻止了我的手。」

「是她，」尼布斯叫道：「是溫蒂小姐阻止的，大家快看她的手。」

溫蒂真的舉起了手，還對著他們輕聲說了一句：「可憐的圖圖！」

彼得在她身邊跪下，看到了那顆橡實鈕扣，「看！箭射到了這個，這是我給她的吻。」

這時，頭上傳來悲傷的哭泣聲。

「是叮叮鈴在哭，」捲毛說：「因為溫蒂還活著。」於是，他們把叮叮鈴的罪行告訴彼得。彼得臉上顯露出從未有過的嚴峻神色。

「聽著，叮叮鈴，」他喊道：「我再也不會跟你做朋友了，永遠離開我吧！」

叮叮鈴落在他的肩上，請他原諒她，可是他用手把她揮開。直到溫蒂又一次舉起手，他才讓步地說，「好吧！不是永遠，是整整一個禮拜。」

現在該拿溫蒂怎麼辦呢？她的身體很虛弱，他們都認為她躺在這裡不妥。

「啊！有辦法了。」彼得喊道：「我們就圍著她蓋一間小屋。」

男孩立刻像婚禮前夕的裁縫一樣忙碌起來，東奔西跑取來棉被、木柴等。大家正忙成一團時，約翰和麥克來了。看見彼得，他們大大地鬆了一口氣。

「捲毛，」彼得用十足的隊長語氣說：「帶領這兩個孩子去幫忙蓋房子。」

「蓋房子？」約翰驚呼。

「給溫蒂住。」捲毛說。

「為什麼？」約翰驚詫地說：「她不過是個女孩。」

「就因為如此，」捲毛解釋說：「所以，我們都是她的僕人。」

「溫蒂的僕人？」

「對，」彼得說：「你們也是。」於是驚訝不已的兄弟倆被拉去砍樹、運木頭了。

「斯萊特利，」彼得又命令道：「去請個醫生來。」

「是，是。」斯萊特利立刻執行命令。不一會兒，他戴著約翰的帽子，神態嚴肅地回來了。

「先生，」彼得向斯萊特利走過去，說：「請問，您是醫生嗎？」

對彼得來說，假裝的和真的就是同一回事。這一點，常

常使其他的孩子感到為難，比如說，他們有時候不得不假裝已經吃過飯了。若是穿幫了，彼得就會敲他們的關節。

「是的，小伙子。」斯萊特利回答。

「勞您費心了，先生。」彼得說。

斯萊特利說：「我要把這玻璃器具放在她嘴裡。」他假裝做著，彼得在一旁等候。

「這東西治好她了。」斯萊特利吩咐說：「今晚我還要再來，餵她喝點牛肉茶。」

然後他把帽子還給約翰，大大吐了一口氣，那是他躲開麻煩時的習慣。

現在，樹林裡滿是砍木材的聲音，蓋一間舒適小屋所需的一切，幾乎都已備齊，就堆放在溫蒂腳邊。

「她張嘴了，」一個孩子盯著她的嘴說：「啊，她真可愛！」

「也許她想唱歌。」彼得說：「溫蒂，唱吧！唱出你喜歡的那種房子！」

溫蒂眼都沒有睜，立刻開口唱了：

我想有一間漂亮的小房子，
小巧到從沒見過，
它有可愛的小紅牆，
屋頂上鋪滿綠色的青苔。

他們聽了很高興，因為砍來的木材都流出紅色樹液，而遍地也布滿著青苔。小屋蓋好時，他們也唱了起來：

我們蓋了小牆和屋頂，
還蓋了一扇可愛的小門。

溫蒂媽媽，你還想要什麼？

溫蒂回答，提出了新的要求：

我要四面裝上華麗的窗，
玫瑰花兒攀進來看。

　　他們立刻裝上大片黃色葉子當做百葉窗，然後假裝沿著牆種上玫瑰。房子蓋得很漂亮，彼得在房子周圍蹀來蹀去地檢查，吩咐大家完成最後布置。
　　「門上還沒有門環呢！」彼得說。
　　圖圖拿來他的鞋底，就做成了一個絕妙的門環。
　　「還要有一個煙囪！」彼得說，他一把抓起約翰頭上的帽子，敲掉帽頂，再將它倒扣在屋頂上。小屋得到了一個神氣的煙囪，一陣煙立刻從帽裡冉冉升起。
　　彼得禮貌地敲了敲門。門開了，一位小姐走了出來，正是溫蒂。大家都脫下帽子。她露出恰如其分的驚異神情，正如他們所希望看到的。
　　「我是在哪兒？」她說。
　　「溫蒂小姐，」斯萊特利急忙說：「我們為你蓋了這個房子。」
　　「多可愛的房子呀！」溫蒂說。這正是他們希望她說的話。
　　他們全都跪下，伸出雙臂喊道：「溫蒂小姐，當我們的母親吧！」
　　「我嗎？那很有趣，」溫蒂滿臉喜色地說：「可是我只是一個小女孩呀！」
　　「那沒關係。」彼得說：「我們只是需要一位像媽媽一

樣親切的人。」

　　「好極了。」溫蒂說：「快進來吧，調皮的孩子們。在我送你們上床之前，還有時間把灰姑娘的故事講完。」

　　於是他們進入屋內，緊緊地擠在一起，度過一個快樂的夜晚。晚上，溫蒂送他們回到地底家園的大床上睡覺，給他們蓋好被子；她自己則睡在那間小屋裡。在黑暗中，百葉窗透出亮光，煙囪裡冒出裊裊輕煙，彼得手持出鞘的刀，在外面巡邏，小屋顯得舒適又安全。

永遠要比必要的善良更進一步。

Always try to be a little kinder than is necessary.

詹姆斯・馬修・巴里
James Matthew Barrie

第四章　溫蒂媽媽

　　第二天，彼得做的第一件事，就是為溫蒂、約翰和麥克量身材，好為他們各自找棵合適的空心樹，因為如果那棵樹與身材不合，爬上爬下就很困難。

　　練習幾天後，他們就能像井裡的水桶一樣上下自如，而且漸漸愛上這個地底的家——特別是溫蒂。

　　這個家有個大廳，地上長著五顏六色的蘑菇，可以當凳子。中央長了一棵夢幻樹，每天早晨，孩子們都會把樹幹鋸齊地面；到喝下午茶時，它又長到兩英尺高，放一塊門板在上面，正好可以當桌子。喝完茶，他們又把樹幹鋸掉，這樣就有寬敞的地方來玩耍了。另外還有一個巨大的壁爐，幾乎占滿整個大廳，你想在哪兒生火都行。

　　白天，床鋪靠牆斜立著，到晚上才放下來。所有的孩子都睡在這張大床上，一個緊挨一個，如同罐頭裡的沙丁魚一樣。翻身有嚴格的規定，必須由一個人發號令，大家一齊翻身。麥克本來也可以睡在床上，但是溫蒂認為家裡有個嬰兒也不錯，因此就讓年紀最小的麥克像寶寶一樣，睡在掛起來的搖籃裡。

　　牆上有個鳥籠大小的壁龕，那是叮叮鈴的專屬套房，掛上一塊小小的布幔隔離。裡面的家具都是仙子世界裡最名貴的。不管哪個女人，都沒有享受過這樣一間臥室與起居室結合的精緻閨房。

　　這一切都讓溫蒂著迷，這些吵鬧的孩子已經讓她忙得團團轉。事實上，有好幾個星期，她幾乎很少到地面上來，光是做飯就夠她忙的了。

　　不過，你永遠無法確定，他們到底是真的吃飯，還是假裝吃飯，全憑彼得高興。對彼得而言，假裝就等於是真的。

他假裝吃了飯後，你就能看到他真的變胖。可是對於其他孩子，假裝吃飽實在是件苦差事，不過他們就是得跟著做。

等他們全都上床睡覺以後，溫蒂就開始縫縫補補。每當她坐下來，守著一籃子的破襪子，看見每雙襪子的後跟都有一個洞。她就會不禁嘆息，但臉上卻洋洋得意地發著光。還有那隻小狼，牠發現溫蒂來到了島上，很快就找到了她，而且從此到處跟著她。

時光一天天過去，溫蒂到底在夢幻島過了多久，誰也說不清楚。時間是按月亮和太陽計算的，可是島上的太陽和月亮，比本土大陸上多得多。

溫蒂確信自己的父母會隨時打開窗子，等她飛回去，所以她很安心。但是，約翰對父母的記憶卻是模糊的，好像他們只是他曾經認識的人，而麥克則情願相信溫蒂就是他的母親。溫蒂對此感到有點害怕，於是她藉考試的方法，盡可能喚起他們對過去的記憶。

其他孩子覺得有趣極了，也想參加考試。溫蒂在一塊石板寫下問題，問題都很平常，比如：

母親的眼睛是什麼顏色？
誰比較高，爸爸還是媽媽？
母親的頭髮是金髮還是黑髮？（盡可能三題都作答）

或者要他們寫一篇四十個字以上的文章，題目是：「我如何度過上一次假期」，或「比較父親和母親的性格」，只要寫一篇。或是撰寫以下的題目：

１、描寫母親的笑。
２、描寫父親的笑。

3、描寫母親的晚禮服。

4、描寫狗屋和屋內的狗。

彼得沒有參加考試。一來除了溫蒂，他瞧不起所有的母親；二來他是島上唯一不會讀寫的孩子，他才不屑於做這類事呢！

彼得經常獨自出門。有時候，他回來什麼都不說，你弄不明白他到底有沒有做過什麼冒險的事。但等你外出時，卻會看到一具屍體。有時他頭上裹著繃帶回來，溫蒂會去撫慰他，並用溫水洗他的傷口。這時，他就會講一段精采的冒險故事。

有許多冒險的事情，溫蒂或者其他的孩子也參加了。比如，在斯萊特利峽谷和印第安人的一場戰役。這場戰爭非常能表現彼得的一個特點，那就是：在戰鬥中，會突然改變陣營，換成敵方的身分。正當雙方勝負難定，呈膠著狀態的時候，彼得會突然宣布自己今天是印第安人。而真正的印第安人覺得這種做法很新鮮，也同意假扮成迷失的孩子。於是身分對換後，重新開戰，雙方打得更加猛烈。

冒險的故事還有很多，比如有一次，印第安人夜襲地下的家，結果好幾個印第安人卡在樹洞裡上下不得，像軟木塞似的被拔了出來。還有，彼得在美人魚的礁湖裡搭救虎蓮公主，因而和她結盟的故事。再比如說，陰險的海盜們一次又一次把毒蛋糕放在不同的地點，可是溫蒂總能即時從孩子們手中把蛋糕奪走。

再談談彼得的鳥朋友，特別是在礁湖築巢的夢幻鳥，有一回牠的巢從礁湖邊的樹上掉到了水裡，牠依舊堅持在裡面孵蛋，於是彼得下令不要去驚動牠。後來，這隻夢幻鳥知恩圖報，在一次機會中報答了彼得。

還有發生在礁湖的冒險故事，雖然比較短，但同樣非常
驚險。

　　有一次，溫蒂睡著後，叮叮鈴在一些仙子的幫助下，把
她放在一片大樹葉上，想讓她漂回英國本土。幸好樹葉沉了
下去，溫蒂驚醒過來，就自己游了回來。

　　此外，彼得還曾經向獅子挑戰。那次他用箭在地上畫了
一個圈圍住自己，挑戰獅子跨進圈裡來，可是他等了幾個小
時，孩子們都屏住呼吸在樹上看著，也沒有一隻獅子敢接受
他的挑戰。

第五章　死亡礁

　　如果你運氣好，閉上雙眼，可能會看見黑暗中懸浮著一池水；然後閉緊雙眼，水池形狀就會出現，湖水顏色也變得鮮豔；再閉緊些，池子就會燃燒起來，在著火的前一刻，你就能看到礁湖，閃現短短的一瞬。

　　當溫蒂偷偷地走近礁湖邊時，總能看到成群的美人魚在水手岩晒太陽，梳理她們的長髮。溫蒂可以下水，輕輕地游到離她們一碼遠的地方，可是只要她們發現了她，便會紛紛縱身潛入水裡，故意濺得她一身水。

　　相反地，美人魚們對待彼得的態度卻不一樣。彼得可以和她們坐在岩石上談天，甚至還可以騎在她們的尾巴上。

　　欣賞美人魚最佳的時間是在月亮初升時，不過溫蒂沒見過月光下的礁湖，因為她嚴格規定晚上七點，大家都必須上床。不過，她常在雨過天晴時來到礁湖畔。那時，會有大群的美人魚浮到水面玩水泡，把五顏六色的水泡當作球，用尾巴歡快地拍來拍去，設法把球拍進彩虹裡。但是，一旦孩子們想加入她們的遊戲，美人魚們會立刻鑽進水裡消失無蹤。

　　溫蒂總要求孩子們在午飯後，到岩石上休息半小時，在陽光下躺著，讓太陽把身體晒得閃閃發亮。溫蒂坐在他們旁邊，顯得很神氣得意。

　　那天，他們也是這樣全數躺在岩石上，閉著眼睛，趁溫蒂不注意時，互相偷捏一下、掐一下。溫蒂正忙著做針線活時，水面一陣微顫，太陽不見了，湖面上籠罩一片陰影。溫蒂抬頭一看，向來充滿歡笑的礁湖瞬間變得猙獰可怕。她知道，某種像夜一樣黑暗的東西來了。

　　這讓她想起水手岩的故事：凶狠的船長會把水手們丟到岩石上，漲潮的時候，海水漫過岩石，水手們就會被淹死。

這時候，她應該立刻叫醒孩子們，可是她必須堅守半小時的午休規矩。所以，儘管她隱約聽到了划槳聲，緊張得心臟都要從嘴裡跳出來，她還是沒叫醒他們。

　　幸好還有彼得，他即使睡著了，也能用鼻子嗅到危險。他一縱身蹦了起來，發出一聲警告的呼喊，喚醒了大家。

　　「海盜！」他喊道。孩子們紛紛起身圍攏到他身邊。他的臉上浮現一絲詭異的微笑。只要他露出這種微笑，就沒有人敢吭聲，他們只能靜候他的命令。彼得又快又準地下達命令：「潛到水裡！」頓時只見一陣腳影，轉瞬間礁湖便人跡全無，只剩水手岩孤伶伶在洶湧的湖水中。

　　一艘船慢慢駛近了，那是海盜的小艇。船上面載有三個人：斯密、史塔奇和一個俘虜——那不是別人，正是酋長的女兒虎蓮。她的手腳被捆綁，明知會被扔到水手岩等死，但毫無懼色。她是口裡啣著刀，攀上海盜船時被捉到的。但是虎蓮非常高傲，不做無謂的抵抗。

　　離岩石不遠處，有兩個腦袋在水裡一起一落，是彼得和溫蒂。溫蒂哭了，這是她第一次看到這麼慘無人道的事情。彼得不像溫蒂那樣為虎蓮感到傷心，倒是看到兩個人對付一個人，他感到氣憤，決定救她。

　　彼得模仿虎克的聲音喊道：「喂，你們這些笨蛋，放了她。」

　　「放了她？可是，船長……」斯密覺得有些奇怪。

　　「還是照船長的命令做吧！」史塔奇戰戰兢兢地說。於是斯密割斷了虎蓮的繩子。虎蓮立刻像泥鰍一樣從史塔奇胯下，溜進了水裡。

　　溫蒂怕彼得太得意忘形，伸手想要捂住他的嘴，這時一聲「小艇啊，喂！」讓她停下動作，虎克船長的聲音從湖面上傳來，這次並不是彼得喊的。溫蒂明白了，真正的虎克也

來到了湖上。

　　虎克朝小艇游來，他的部下舉起燈籠為他引路。不久他就游到了小艇邊，用鐵鉤鉤住船舷，濕淋淋地爬上了小艇。溫蒂看見他那張凶惡的黑臉，不禁打了個寒顫，恨不得馬上游開；可是彼得不肯走。他示意溫蒂注意聽他們的動靜。

　　虎克坐在船上，用鐵鉤托著頭，一臉憂愁。「船長，一切都好吧？」兩個海盜小心翼翼地問。可是，虎克嘆了三次氣。最後，虎克憤憤地開口了。

　　「計畫失敗了，」他喊道：「那些男孩找到了一位母親。」溫蒂一聽，雖然害怕，卻也充滿了自豪。

　　「什麼是母親？」糊塗的斯密問道。

　　溫蒂詫異得失聲叫了出來：「他居然不知道！」彼得趕緊一把將溫蒂拉到水面下。

　　虎克驚叫了一聲，問道：「那是什麼？」史塔奇舉起燈籠照向水面。他們看到了一個奇怪的東西，原來是個鳥巢浮在湖面上，而那隻夢幻鳥就坐在巢中。

　　「瞧！」虎克回答斯密的問題：「那就是母親。」斯密很受感動，他凝望著那隻鳥，看著那鳥巢漸漸漂走。

　　多疑的史塔奇卻說：「如果她是母親，那她在這附近漂來漂去，可能是為了掩護彼得。」

　　「沒錯！這就是我所擔心的。」虎克皺著眉說，但接著斯密的話將他從沮喪中拉了出來。

　　「船長，」斯密熱切地說：「我們為什麼不把孩子們的母親擄來做我們的母親？」

　　「妙計！」虎克喊道：「把孩子們捉到船上來，逼他們走跳板墜海淹死，這麼一來溫蒂就會變成我們的母親了。」

　　這時，虎克忽然想起了虎蓮。「那個印第安女人現在在哪兒？」他突然問。

「我們把她放了，船長。」斯密得意地回答。

「把她放了？」虎克大叫。

「那是你下的命令呀！」斯密結結巴巴地說。

「好小子，」虎克顫抖地說：「我沒下過這個命令。」

他們心慌意亂起來。虎克提高嗓門，聲音顫抖著問道：「今夜在湖上遊蕩的幽魂啊，你有沒有聽到我的聲音？」

彼得馬上模仿虎克的聲音回答：「見你的鬼，我都聽到了。」斯密和史塔奇一聽，嚇得抱在一起。

「喂，陌生人，你是誰？」虎克質問。

「我是詹姆斯·虎克。」那個聲音回答。

「如果你是虎克，那你告訴我，我又是誰？」

「只不過是一條鱈魚。」那個聲音回答。

「一條鱈魚！」

虎克一向滿滿的傲氣突然洩了氣。忽然，他想試一試猜謎遊戲。「那你還有別的名字嗎？」

遇到遊戲，彼得總是忍不住要玩的，因此他用自己的聲音快活地回答：「有啊！」

「是蔬菜？」虎克問。

「不是。」

「是動物？」

「是的。」

「是男人？」

「不是！」彼得響亮地回答，帶著輕蔑的口氣。

「男孩？」

「對了。」

「你們兩個給他提幾個問題。」虎克對另外兩個人說。斯密想了想，「我想不出什麼問題。」他抱歉地說。

「猜不出啦！」彼得喊：「你們認輸了嗎？」

「是、是的。」他們急切回答，海盜們知道機會來了。

「那我告訴你們吧！」他喊道：「我是彼得・潘！」

虎克剎那間恢復了自信。「這下我們可以逮到他了！」虎克高聲喊道，便一躍跳下水去。

同一時間，彼得也傳來快活的聲音：「準備好了嗎？孩子們？」

「好了！好了！」湖的四面八方都傳來回應。

「那麼，向海盜進攻吧！」

激烈戰鬥開始了。約翰英勇地爬上小艇，撲向史塔奇。經過一番猛烈的搏鬥，海盜手中的刀被打落。史塔奇掙扎著跳入水中，約翰也跟著跳了下去，那艘小艇也漂走了。

水面上不時冒出一個腦袋，鋼鐵的寒光閃過之處，跟著便是吼叫或吶喊。在混戰中，斯密捅傷了圖圖的肋骨，他自己又被捲毛刺傷了。遠離岩石的地方，史塔奇正在步步進逼斯萊特利和雙胞胎。

虎克想爬上岩石喘息，彼得也正想從對面爬上來。他們都在摸索著，想抓住一塊能著力的地方，不料竟碰到了對方的手。兩人驚訝得抬起頭來，他們的臉幾乎挨到對方。彼得看到自己在岩石上的位置比敵人高，覺得這是場不公平的戰鬥。於是，他伸手去拉虎克一把。結果虎克咬了他一口。

彼得愣住了。他和對方真誠相見，滿心以為自己也會受到公平對待。彼得常遇到這種事，只是他老忘記。他現在就像第一次遇到了不公平待遇，只能不知所措地發著呆。虎克又用鐵鉤抓了他兩次。

幾分鐘後，其他孩子看見虎克在水裡發狂似的向小艇拚命游去，他的臉不再得意洋洋，反倒一片慘白，因為那隻鱷魚正在他後面緊追不捨。

彼得和溫蒂不見了，孩子們喊著他們的名字，在湖裡到

處尋找他們，可是沒有獲得回應。孩子們推斷：「他們準是游回去了，要不就是飛回去了。」他們很相信彼得。他們還咯咯地竊笑起來，因為，今天晚上可以晚點睡覺了。

孩子們發現小艇後划著回家了，當他們的聲音消逝，湖面只剩一片冷寂。沒多久後，彼得拖著溫蒂朝岩石游來，溫蒂已經昏過去了，彼得使出最後一點力氣把她推上岩石，就在她身邊倒下了。水正在往上漲，但他實在無能為力。

「我們在水手岩上，溫蒂，」彼得說：「可是很快就會被水淹沒了。」

「我們得離開。」剛剛醒轉的溫蒂仍然樂觀地說：「彼得，我們是要游泳還是飛回去？」彼得呻吟了一聲。

「你怎麼啦？」溫蒂著急地問。

「我沒辦法幫你，溫蒂。虎克把我打傷了，我現在既不能飛，也不能游泳。」

「你是說，我們兩個都要淹死嗎？」他們用雙手捂住眼睛，不敢去看飛漲的湖水。心想自己的命很快就要完蛋了。

他們就這樣坐著的時候，有個東西在彼得身上輕輕碰了一下，隨後就停在那兒不動了。那是一面風箏，是麥克幾天前做的——它掙脫麥克的手，飄走了。彼得抓住了風箏的尾巴，把它拉到身旁。

「它能把麥克拉到半空，」他喊道：「也許它也能把你帶走？」

「它可以把我們兩個都帶走！」

「它帶不動兩個，麥克和捲毛試過。」

「那我們抽籤吧！」溫蒂勇敢地說。

「不行，你是女生。」彼得把風箏尾巴繫在她身上。溫蒂抱住他不放。可是，彼得說了一聲：「再見，溫蒂！」就把她從岩石上推出去。不一會兒，溫蒂就飄走了。

　　岩石現在變得更小了，很快就會完全被淹沒。彼得一陣顫慄，但轉眼間，他又直挺挺地站立在岩石上，臉上帶著微笑，心頭的小鼓咚咚地敲，像是在說：「死亡，是最大的一次冒險。」

　　礁湖上只剩下彼得一人了，湖水不斷上漲，一小口一小口地吞噬他的雙腳。在湖水把他整個吞沒之前，為了打發時間，他凝視著漂浮在湖面上唯一的一件東西，它看起來像一張紙片，彼得無聊地猜想著漂到岸邊需要多少時間。

　　其實，那不是一張紙片，而是夢幻鳥。牠正坐在巢中拚命用翅膀划水，努力往彼得這邊划過來。牠是來救彼得的。牠要把巢讓給他，儘管裡面還有牠在孵的蛋。等到彼得認出牠時，牠已經疲憊不堪了。

　　夢幻鳥高聲向彼得說著自己來這兒的目的，彼得也高聲問夢幻鳥在那兒做什麼，但是他們都聽不懂對方的話。

　　「我——要——你——進——來——巢——裡，」夢幻鳥喊著，儘量一字字慢慢地說清楚：「這——樣——你——就——可——以——漂——到——岸——邊，可——是——我——太——累——了，划——不——動——了——你——得——自——己——游——過——來。」

　　「你在說什麼呀？」彼得回答說：「為什麼不讓你的巢像平常一樣隨波逐流呢？」

　　「我——要——」夢幻鳥又重複了一遍剛才的話。

　　彼得又慢又清楚地問說：「你——嘰——哩——呱——啦——地——說——什——麼——呀？」

　　夢幻鳥被惹火了。「你這囉哩囉嗦的蠢蛋！」牠尖聲叫道，「為什麼不照我的話去做？」

　　彼得發現牠是在罵自己，於是氣衝衝地回敬：「你才是笨蛋！」

然後他們竟互相對罵出同一句話來：「閉嘴！」

夢幻鳥做了最後一次努力，終於使巢靠上岩石邊，然後飛離了鳥巢。彼得終於明白了牠的用意，他抓住鳥巢，向飛在空中的鳥揮手表示謝意。

夢幻鳥在空中盤旋，想看看他怎樣對待牠的蛋。

只見彼得把巢中的兩顆鳥蛋捧了起來。夢幻鳥用翅膀搗住臉，不敢看它們的下場；但牠仍忍不住從羽毛縫裡偷看。

水手岩上有一根木竿，那是很久以前海盜立在那兒，用來標記寶藏位置的。史塔奇把他的帽子掛在上面，那是一頂防水的油布高帽。現在彼得把鳥蛋移到帽子裡，然後把帽子放在湖面上，就這樣平穩地漂浮著！

夢幻鳥高聲歡叫著降落到帽子上，又安心地孵起蛋來。彼得也應聲歡呼，接著跨進鳥巢中，把木竿豎立在巢中當桅杆，又把他的襯衫掛起來當風帆。夢幻鳥往這邊漂去，彼得向那邊漂去，雙方都滿心歡喜。

彼得上岸以後，把鳥巢放在夢幻鳥容易找到的地方。可是，那頂帽子太好用了，牠竟然放棄了鳥巢，任鳥巢一直漂來漂去，直到完全散掉。之後每當史塔奇來到礁湖，看到夢幻鳥趴在他的帽子上，總會心疼不已。後來，所有的夢幻鳥都把鳥巢築成帽子的樣式，幼鳥還可以在帽簷上活動。

當彼得回到地下的家時，隨著風箏東飄西蕩的溫蒂也差不多時間回來了。每個孩子都有一段冒險故事可講，可是讓他們最得意的是，睡覺時間已經往後延了好幾個小時。而且為了更加拖延上床的時間，他們一個個拚命找各種藉口，比如要求包紮傷口什麼的。溫蒂雖然很高興看到他們一個個平安無事，可是時間實在太晚了，於是她命令大家：「全都給我上床去！」

但第二天她又變得溫柔了。

第六章 溫蒂的故事

礁湖上的那次小衝突帶來的結果，是印第安人和孩子們成為了朋友。彼得救了虎蓮，現在，她和族裡的勇士們徹夜在地面守衛著地下的家。

印第安人稱彼得為「偉大的白人父親」，而且只要說：「這是彼得說的」，他們就會恭敬地從命。但是，他們只把孩子們看作普通的勇士。讓孩子們生氣的是，彼得似乎認為這是理所當然的。

私底下溫蒂頗為同情孩子們，但她是一個忠實賢慧的主婦，所以她不允許他們抱怨父親。「父親永遠是對的。」她總是這麼說。

今夜，就是他們所稱的「夜中之夜」，因為這一夜發生的事情及造成的後果特別重要。白天，一切平安無事，彷彿在養精蓄銳。孩子們在地下吃晚飯，印第安人在地面上裹著毯子站崗，彼得跑出去探查時間了。在夢幻島，探查時間的方法是先找到那條鱷魚，然後在牠旁邊等牠肚子裡的鐘整點報時。

這頓晚飯是一頓假想的餐點。他們圍坐在桌邊，貪心地狼吞虎嚥。他們發出的吵鬧聲震耳欲聾，溫蒂並不怎麼在乎這些聲音，不過，她絕不允許他們搶東西吃。他們吃飯時有一條規矩：發生爭端時不能自己回擊，而應該禮貌地舉起右手，向溫蒂報告說：「我要告某某人的狀！」可是，他們不是忘了要這麼做，就是常常告狀個沒完。

「安靜！」溫蒂喊道，這已經是她第二十次這麼說了。「親愛的斯萊特利，你的杯子空了嗎？」

「還沒！媽媽。」斯萊特利望了一眼想像的杯子說。

「他的牛奶都還沒喝呢！」尼布斯插嘴說，他在告狀。

斯萊特利立即舉起手喊道：「我要告尼布斯的狀。」不過，約翰已經先舉手了。

「什麼事，約翰？」

「彼得不在，我可不可以坐他的椅子？」

溫蒂認為，坐父親的椅子是不成體統的，所以她回答：「當然不可以。」

「他並不是我們真的父親，」約翰回答：「他甚至不知道怎樣做父親，還是我教他的呢！」他這是發牢騷。

「我們要告約翰的狀。」雙胞胎喊道。

接著，大家開始互相告狀抗議，嚷嚷了起來。

「天哪！」溫蒂喊道：「有時候帶孩子真是麻煩啊！」

溫蒂吩咐他們收拾飯桌，自己坐下來做針線活。

這時麥克抗議道：「我長太大了，不能睡搖籃了。」

「一定要有人睡搖籃，你最小。」溫蒂近乎尖酸刻薄地說：「有搖籃才像一個家！」

孩子們聚在溫蒂身邊玩耍，一張張笑盈盈的臉，還有活潑亂動的幼小手腳，都被那溫暖的爐火照得又紅又亮。這是地下的家裡經常見到的溫馨景象。不過，這是我們最後一次見到了。

上面傳來了腳步聲，第一個聽到的當然是溫蒂。她說：「孩子們，我聽見你們父親的腳步聲了。去門口迎接他吧！他喜歡你們這樣做。」

地面上，印第安人向彼得鞠躬致意。彼得吩咐道：「好好看守，勇士們，這是我說的。」然後，孩子們就歡天喜地地把彼得拖下樹洞來。他為孩子們帶來了核果，給溫蒂帶來了準確的時間。

「彼得，你把他們慣壞了。」溫蒂笑呵呵地說。

「是啊！老婆大人。」彼得邊說，邊掛起他的槍。

　　麥克悄悄地對捲毛說：「是我告訴他的，母親要稱作老婆大人。」

　　捲毛馬上提出：「我要告麥克的狀。」

　　孩子們想要跳舞，彼得要他們先去換上睡衣。他在爐火邊取暖，低頭看著溫蒂縫補襪子。他悄聲對溫蒂說：「老婆大人啊，在一天的勞累之後，咱倆坐在爐火前，孩子們圍繞在身邊，這可真是一個愉快的夜晚啊！」

　　「很甜蜜，不是嗎？」溫蒂心滿意足地說：「彼得，我覺得捲毛的鼻子像你。」

　　「麥克像妳。」彼得說完，不安地望著溫蒂，眼睛不停地眨著。

　　「彼得，怎麼回事？」溫蒂問。

　　「我在想，」彼得說，語氣有一點恐慌：「我是他們的父親，這是假裝的，對嗎？」

　　「是啊！」溫蒂嚴肅地回答。

　　「如果我真是他們的父親，看起來就會很老。」彼得帶著愧疚說。

　　「你要是不願意的話，就不是真的。」溫蒂回答，她聽到彼得放心地舒了口氣。

　　「彼得，」她強作鎮定地說：「你對我到底是怎樣的感情？」

　　「就像孝順的兒子，溫蒂。」

　　「我早就料到了。」溫蒂不悅地說。

　　「你真奇怪，」彼得困惑地說：「虎蓮也是這樣。她說她想要做我的什麼，可又說不是做我的母親。」

　　「哼！當然不是。」溫蒂語氣沉重地說。

　　「那她想做我的什麼？」

　　「這不是一位淑女該說的話。」

「那好吧！說不定叮叮鈴她會告訴我。」彼得惱火地回應道。

「叮叮鈴當然會告訴你，」溫蒂輕蔑地反駁了他一句：「她是個放縱的小東西。」

這時在小閨房裡偷聽的仙子，尖聲嚷了一句。「叮叮鈴說她以放縱為榮。」彼得翻譯了她的話。

「你這個笨蛋！」叮叮鈴氣呼呼地喊道。這句話她說過很多次，溫蒂都不需要翻譯了。

「我幾乎和她有同感。」溫蒂怒氣衝衝地說。沒有想到溫蒂居然也會發脾氣，可見她是受夠了。不過要是她知道這個晚上會發生大事，她就不會這樣說了。但也正因為無知，他們才能再享受一小時的快樂。

這是他們在島上的最後一小時了。

孩子們穿著睡衣又唱又跳，跳得那麼歡快熱鬧，還在床上打起枕頭戰。最後，他們終於都上床聽溫蒂開始講故事。這故事是孩子們最愛聽的，卻是彼得最討厭的。平時溫蒂一開始講這個故事，彼得就會離開屋子，或者用手摀住耳朵。這一次，如果他也這樣做了，他們或許還會留在島上。可是今晚，彼得沒走，他依舊坐在自己的小凳子上。

「從前有一位先生……」溫蒂坐下來開始講她的故事。

「我寧願他是位太太。」捲毛說。

「我希望他是隻小白鼠。」尼布斯說。

「安靜！」溫蒂命令道：「還有一位女士……」

「別吵！」彼得大聲說。雖然他很討厭這個故事，但他認為應該讓溫蒂把它講完。

「這位先生姓達林，」溫蒂接著說：「女士呢，就叫她達林太太。」

「我認識他們。」約翰說，他故意要讓別的孩子難過。

「我想我也認識他們。」麥克有點遲疑地說。

「他們結了婚，」溫蒂繼續說：「你們知道他們後來有了什麼？」

「小白鼠。」尼布斯靈機一動地說。

「太難猜了。」圖圖說，其實這故事他都會背了。

「他們有三個孩子。」溫蒂嘆著氣說：「這三個孩子有位忠實的保姆，名叫娜娜。可是達林先生因為生她的氣，把她拴在院子裡，因此三個孩子就全部飛走了。他們飛到了夢幻島，那兒住著迷失的孩子們……」

「裡面是不是有一個叫圖圖的？」圖圖喊道。

「是的。」

「哈哈，我在這個故事裡噢！」

「噓！」溫蒂打斷他：「現在，你們想想，孩子們都飛走了，那對不幸的父母心情會怎樣呢？」

「唉！」他們全都唉聲嘆氣起來，但其實壓根就不關心那對父母的心情。

「想想那些空著沒人睡的床！」

「真可憐啊！」雙胞胎中的老大說。

「這故事恐怕不會有好的結局。」雙胞胎中的老二說。

「如果你們知道母愛有多麼偉大，」溫蒂得意地告訴他們：「你們就不會害怕了。」

「我喜歡媽媽的愛。你喜歡嗎？」圖圖說著，把一個枕頭砸向尼布斯。

「我當然喜歡啊！」尼布斯說，把枕頭扔了回去。

「我們這故事的女主角知道，她的媽媽會把窗子一直敞開，好讓孩子們飛回來，」溫蒂愉快地說：「所以，他們就在外面玩個痛快，一待就是好多年。」

「他們有沒有回家去呢？」

「讓我們看看故事未來的發展吧！」溫蒂說。大家都扭了扭身子，以便看得更清楚。「許多年後，一位漂亮的小姐在倫敦車站下了火車，她是誰呢？」

「她是誰？」尼布斯興奮地喊著，就好像他真的不知道似的。

「是不是……會不會……就是……美麗的溫蒂！」

「哇！」

「陪在她身邊的那兩個儀表堂堂的男士又是誰？會不會是約翰和麥克？」

「沒錯！」

「『你們瞧，親愛的弟弟，』溫蒂說：『那扇窗子還開著呢！那是因為我們對母愛堅信不移，所以有這份獎賞。』然後他們飛上去，回到了媽媽和爸爸的身邊。重逢的喜悅簡直難以用言語形容。」

溫蒂講完之後，彼得發出一聲沉重的呻吟，他陰沉著臉說：「溫蒂，你對母親們的看法不對。」他的激動讓大夥驚慌起來，大家不安地圍攏在他身邊。

「很久以前，」彼得說：「我和你們一樣，相信媽媽會永遠開著窗子等我。所以，我在外面待了一個月又一個月。可是等我終於飛回去時，窗子已經關上了，有另一個小男孩睡在我的床上。」

孩子們嚇壞了，問：「你能肯定媽媽們是這樣的嗎？」

「是的。」

「溫蒂，我們回家吧！」約翰和麥克一齊喊道。

「好吧！」溫蒂摟著他們果斷地說：「馬上就走。」因為她忽然想到一個可怕的念頭：說不定媽媽已經在哀悼他們了。這份恐懼使她忽略了彼得的心情。

「彼得，請你幫我們安排好嗎？」溫蒂直截了當地說。

「遵命。」彼得冷冷地回答。他們連一句惜別的話也沒說。既然溫蒂不在乎離別，那麼彼得也要表現出一副不在乎的樣子。

其實，彼得當然是非常在乎的。他對那些大人有一肚子的不滿，就是他們把一切都搞砸了。

在彼得到地面上去向印第安人做必要的交代時，孩子們害怕溫蒂離開他們，竟開始威脅她。

「我們不讓她走。我們把她關起來吧！」

面對困境，溫蒂靈機一動：「圖圖，請你幫幫我。」

這一刻笨拙的圖圖回答倒很具架勢，他極有威嚴地說：「雖然你們誰也不在乎我，但是如果有人對溫蒂不禮貌，我就要狠狠地教訓他。」說著，他拔出了刀，表現出高昂的氣勢。別的孩子不安地往後退。

這時彼得回來了，他們知道彼得是不會強留一個女生在夢幻島的。

「溫蒂，」彼得說：「我已經吩咐印第安人護送你們走出樹林了。」

「謝謝你，彼得。」

「然後，」彼得又吩咐道：「叮叮鈴會著帶你們過海。尼布斯，叫醒她！」

其實叮叮鈴早已偷聽了好半天，聽說溫蒂要走，她非常高興，可是她不願做溫蒂的領路人，所以她假裝睡著了，不肯搭理他們。

「叮叮鈴！」彼得大喊一聲：「要是你不馬上起床，我就把門簾拉開，那我們就都會看見你穿睡衣的樣子哦！」

叮叮鈴一下子就跳起來，喊道：「誰說我不起床？」

溫蒂、約翰和麥克已經收拾妥當，準備上路了。孩子們心情沮喪，憂愁地看著她，溫蒂不由得心軟了。

「親愛的孩子們，」溫蒂說：「要是你們都和我一起回去，我相信，我爸媽會收養你們的。」

這邀請原本是特別對彼得說的，但每個孩子都以為是指自己，他們立刻興奮地跳起來。

「他們會不會嫌我們人太多？」尼布斯跳著問道。

「啊！不會的，」溫蒂說：「只要在客廳裡加幾張床就行了。」

「彼得，我們可以去嗎？」孩子們一齊懇求。

「好吧！」彼得苦笑著說。孩子們一聽，立刻跑去收拾自己的東西。

「現在，彼得，」溫蒂說：「在走之前，我要餵你們吃藥。」當然啦，那藥只不過是清水裝在瓶子裡。溫蒂一直熱衷於給孩子們吃藥。當溫蒂要給彼得吃藥的時候，忽然看到彼得臉上的神情，讓她心情很沉重。

「去收拾你的東西，彼得。」溫蒂聲音發顫地喊道。

「我不跟你們去。」彼得回答，裝出若無其事的樣子。

為了表現出他對溫蒂的離去無所謂，彼得在房裡晃來晃去，愉快地吹著他的笛子。

溫蒂只得跟在他後面，勸他：「去找你的母親吧！」

就算彼得有母親，他也不再想她了；沒有母親，他也能過得很好。他早就想通了。

「不要！不要！」彼得斬釘截鐵地告訴溫蒂：「也許她會說，我已經長大了。但我只想永遠做個小男孩，永遠地玩下去。」

彼得不去！孩子們茫然地望著他。他們心裡冒出的第一個念頭是，要是彼得不去，他或許會改變心意，也不讓他們去。但是高傲的彼得不屑於這樣做。

「要是你們找到了母親，」他面無表情地說：「但願你

們會喜歡她們。」他的話帶有濃濃的譏諷意味，使孩子們感到很不安。多數人不禁開始疑惑：去的人，會不會很傻？

　　「好啦！」彼得喊道：「再見吧！溫蒂。」他痛快地伸出手。溫蒂只好握了握他的手，因為彼得沒有表示他想要一個「頂針」。

　　接下來是一陣難堪的沉默。彼得不是會在別人面前痛哭流涕的人。他大聲喊道：「叮叮鈴，你準備好了嗎？」

　　「好了，好了！」

　　「那就帶路吧！」

　　叮叮鈴從最近的洞飛了出去，可是沒有人跟隨她。因為就在這時候，海盜們對印第安人展開了猛烈的攻擊，吶喊聲和刀劍鏗鏘聲劃破夜空。

只要我們足夠努力，夢想就會成真。

如果你願意為它犧牲一切，

你就可以擁有生活中的任何東西。

Dreams do come true, if we only wish hard enough.
You can have anything in life if you will sacrifice everything else for it.

詹姆斯 · 馬修 · 巴里
James Matthew Barrie

第七章　　抓住他們！

　　此刻，地面上迴盪著廝殺聲；地下一片死寂。每個人都驚訝得目瞪口呆。溫蒂跪了下來，雙手伸向彼得，孩子們的手也都伸向彼得，向他發出無聲的請求，哀求他不要拋下他們。

　　彼得一把抓起了他的劍，眼睛閃耀著渴望戰鬥的光芒。

　　海盜這次的襲擊完全是出其不意的。按照野蠻民族不成文的規定，首先發動攻擊的都會是印第安人。印第安人很狡猾，他們總是在白人戰鬥力最弱的黎明前突擊。

　　白人在那片起伏不平的山丘頂端築起簡陋的柵欄，山腳下有一條小溪，因為若離水源太遠終會走向毀滅。白人就在那兒等待著印第安人襲擊。缺乏經驗的菜鳥，緊握手槍，踩在枯枝上來回走動；老手們則鎮定地一覺睡到天亮。

　　在漫漫黑夜裡，印第安人的偵察兵在草叢裡匍匐潛行。除了他們偶爾模仿土狼發出淒涼的嗥叫聲，四周沒有半點聲響。寒夜就這樣緩緩地流逝了，對於那些初次經歷的白人來說，這樣漫長的提心吊膽真是特別難熬；但是對經驗老道的白人來說，嚇人的嗥叫聲，以及駭人的寂靜，都是再正常不過的。

　　這種情況，虎克都一清二楚。印第安人相信虎克知道這個原則。可沒想到，這個夜晚，虎克的行動卻反其道而行。

　　印第安人擁有敏銳的感官，只要有一個海盜踩響一根樹枝，他們立刻就知道海盜來到島上，瞬間狼嗥聲就會響起。從海盜登陸的海岸直到地下之家的每一寸地面，他們都已暗地勘察過了。他們發現只有一座土丘的山腳下有溪流，可以供虎克駐紮，等候破曉。

　　印第安人做好了一切部署，就裹起毯子，鎮靜地蹲伏在

孩子的家上方，等候著決戰時刻的到來。

　　他們夢想著天亮時要好好嚴刑拷打虎克，但自信的印第安人反倒被奸詐的虎克逮著了。虎克並沒有在那座土丘前停留，他不想等印第安人來襲，他甚至等不及黑夜過去。他的策略是立刻攻擊。印第安偵察兵原本是精通多種戰術的，卻沒有防到他這一手，只能無奈地尾隨在他後面，同時發出一聲狼嗥，致命地暴露了自己。

　　勇敢的虎蓮身邊圍繞著十二位善戰的勇士。假如他們一發現海盜偷襲時，能迅速地聚攏，排列成密集的陣仗，應該是難以攻破的；但是他們謹守著部落的規定：高貴的印第安人在白人面前不可表現得驚慌失措。

　　所以當海盜出其不意地現身時，他們雖然驚駭，卻巍然屹立了好一會兒，連肌肉都不抽動，就好像敵人是應邀前來似的。這樣英勇地遵守規定之後，他們才握起武器，發出震天的喊殺聲，可是為時已晚。

　　這哪裡是什麼戰鬥，根本是一場大屠殺，印第安部落的許多優秀戰士就這樣被消滅了。虎蓮以及少數殘餘部隊，從中殺出一條血路，逃了出去。

　　在那勝利的時刻，虎克心裡在想什麼呢？他的手下很想知道。他們氣喘吁吁地擦著刀，遠遠地斜睨著這位特立獨行的怪人。

　　虎克的心裡一定洋洋自得，不過他不會顯露在臉上。他總是和他的部下保持一定的距離，永遠如同謎一樣神祕而孤獨。

　　不過，這一夜的任務還沒有完成。虎克出來並不是為了殺印第安人，他們只不過是被煙燻走的蜜蜂，以便他能得到蜂蜜。他的目標是彼得‧潘，還有溫蒂以及那群孩子；但主要是彼得‧潘。

　　讓人費解的是，彼得只是個小男孩，雖然他曾把虎克的一條手臂扔給了鱷魚，使得鱷魚窮追不捨，讓虎克的生命受到威脅，但這些都還不足以解釋，虎克的報復心為什麼如此重，為什麼如此無情惡毒。

　　事實是，彼得身上那種過度自信，才是真正讓這位海盜船長暴跳如雷的原因。只要彼得活著，他就覺得自己像是一頭關在籠子裡的獅子，而彼得則像飛進籠子裡的一隻麻雀。

　　現在的問題是，要怎樣鑽進樹洞呢？虎克用貪婪的眼睛一一掃視著手下們，想找一個最瘦小的人。那些手下們不安地扭動著身子，因為他們知道，虎克會用棍子把他們硬塞進樹洞裡。

　　此時的孩子們情況又是如何？在戰鬥剛開始時，他們大張著嘴，伸出手臂向彼得求助，像化為石雕一樣。現在，他們閉上了嘴，收回了手臂，地面上的喧囂聲戛然而止，像一陣狂風吹過。但他們知道狂風過後，他們的命運已成定局。到底哪一方得勝了呢？

　　海盜們趴在樹洞口屏息偷聽，剛好聽到了孩子們提出的問題，也聽到了彼得的回答。

　　「要是印第安人得勝，」彼得說：「他們一定會響起戰鼓，那是他們勝利的訊號。」

　　斯密這會兒正坐在那只戰鼓上，他低聲嘲笑著說：「你們再也甭想聽到鼓聲了。」但讓他驚訝萬分的是，虎克向他作了個手勢，要他擊鼓。

　　斯密過了好一會兒才領悟到，這個命令是多麼陰險又毒辣。這個頭腦簡單的人，從來沒有像現在這樣如此敬佩過虎克啊！他敲了兩遍鼓，然後心花怒放地等待著反應。

　　「咚咚的鼓聲，」海盜們聽見彼得喊道：「印第安人勝利了！」

孩子們發出一陣歡呼，接著立刻向彼得道別。海盜們聽得莫名其妙，不過，卑劣的欣喜蓋過了他們的一切疑慮，他們奸笑著摩拳擦掌。

虎克悄悄地下令：一個人守一個樹洞，其餘的人排成一行，隔兩碼站一個人。

頭一個鑽出樹洞的是捲毛，他一出來，就落到了奇科的手裡，奇科把他扔給了斯密，斯密繼續扔給下一個海盜，一個一個往後扔，最後被扔到了那個黑人海盜的腳下。每個出樹洞的孩子，都是這樣被無情地拋來拋去，有幾個孩子還被拋到半空中，就像在傳遞一包包貨物似的。

溫蒂最後一個鑽出洞，她受到不同的待遇。虎克表現出彬彬有禮的樣子，對她脫帽致敬，並攙扶著她，護送她到囚禁孩子們的地方。

海盜為了防止孩子們逃跑，把繩子分成均等的九段，每個孩子一段，並命令他們彎身將膝蓋貼著耳朵之後，一個個捆綁起來。最後輪到斯萊特利時，剩下的繩子頭卻不夠打結了。海盜們惱怒地開始踢他，就像踢一個惱人的包裹。說也奇怪，是虎克叫他們住手的。

虎克噘起嘴唇，露出惡毒、洋洋得意的神氣表情。因為他觀察後發現，他的手下拚命想捆綁好這小子，但是綁緊這裡，另一個部位就會凸出來，弄得他們滿身大汗。這樣胖的孩子能鑽得進的樹洞，一個大人不用棍子捅，也一定能鑽得進去。

斯萊特利的臉色瞬間變得慘白，他知道虎克發現了他的祕密。可憐的斯萊特利，現在深深懊悔著自己做過的事。原來，有一次他熱極了，拚命喝水，一沒注意就把肚子脹得像現在這麼大，但是他沒有設法縮減腰圍好配合樹洞，反而是偷偷把樹洞挖大了。

　　虎克相信彼得終於要任由他擺布了。他在腦海中構思了惡毒的計畫，沒有聲張，只是作了個手勢，命令手下把俘虜押上船去，他要獨自留下。孩子們被扔進了溫蒂的小屋，四個強壯的海盜把小屋扛在肩上，其餘的海盜跟在後面。他們唱著那支可惡的海盜歌出發了。

　　　呦喝！呦喝！海盜生涯，
　　　骷髏白骨的旗幟，
　　　歡樂時光，麻繩一捆，
　　　嗨！去見深海閻王。

整個世界都是由
信仰、信任和仙塵構成的。

All the world is made of faith, and trust, and pixie dust.

詹姆斯・馬修・巴里
James Matthew Barrie

第八章　你相信有仙子嗎？

夜幕很快降臨，現在只剩下虎克自己了，他所做的第一件事，就是躡手躡腳地走到斯萊特利的樹洞前，想看看自己是不是能從那裡鑽進去。

他屏住呼吸，傾聽著地下的動靜，下面寂靜得像是一座空屋。那男孩究竟是睡著了，還是正站在樹洞下，手裡拿著刀在等他？

除非爬下去，否則無法知道。虎克把他的外套輕輕地脫下放在地上，緊咬住嘴唇，直到滲出血，毅然決然地踏進了樹洞。他是個勇敢的人，可是他額頭上的汗像蠟油般流個不停。終於，他順利來到樹洞底下，動也不動地站在那兒，調整一下幾乎喘不過氣來的呼吸。直到眼睛適應樹洞裡昏暗的光線，他才看清楚地下之家屋裡的擺設。他貪婪的視線，只盯著一件東西，就是那張大床，床上躺著熟睡的彼得。

彼得一點也不知道上面發生的慘劇。孩子們離開後，他繼續開心地吹著笛子，證明他一點也不在乎。然後，他決定不吃藥，為的是讓溫蒂傷心。接著，他躺在床上，也不蓋被子，好叫溫蒂更加煩惱——因為溫蒂會幫孩子們蓋被子，怕他們深夜著涼。

想到這裡彼得幾乎要哭出來了，可是他忽然又想到，要是他笑，會讓溫蒂更加生氣。於是他放縱大笑，笑著笑著就睡著了。

彼得偶爾會作夢，他常會在夢裡哭泣，這或許和他來歷不明的身世有關。但這一次他立即睡著，完全沒有作夢。一隻胳臂垂在床沿，一條腿拱起來，笑意還掛在嘴角上，張著嘴露出珍珠般的小乳牙。

彼得就這樣毫無防備地被虎克找到了。虎克一聲不響地

站在樹洞底部，望著他的敵人。難道他沒有一絲同情嗎？坦白說，眼前這幅純真的景象深深地感動他，要是善良的一面占上風，他也許會勉強地爬回地面去，可是彼得那驕傲自大的睡相惹惱了虎克，讓他又硬起了心腸，這股怒火讓他氣得快爆炸。

　　一盞微弱的燈光照著床，但虎克是站在暗處裡，他瞥見彼得的藥杯，明白自己該怎麼做了。

　　虎克總是隨身帶著一瓶可怕的毒藥，是他用各種致命的毒草配製而成的液體，大概是世界上最毒的一種毒藥。虎克狂喜得雙手直顫抖，他在彼得的藥杯裡滴了五滴毒藥，幸災樂禍地凝望著他的受害者一陣子後，才轉身艱難地蠕動著身體爬上地面，像從洞裡竄出的惡魔般。

　　他歪戴著帽子，裹上斗篷，拉著衣角遮住身體，隱沒在黑暗中，喃喃自語著，穿過樹林溜走了。

　　彼得還在睡。

　　燈火閃了一下熄滅了，屋裡一片漆黑，彼得突然被一陣謹慎輕微的敲門聲驚醒。他坐起來，摸索刀子握在手裡，然後問道：「誰？」

　　沒有人回答，敲門聲又響起。「你如果不吭聲，我就不開門！」彼得喊道。

　　那人終於開口了，發出鈴噹似的可愛聲音：「彼得，讓我進去。」

　　聽出是叮叮鈴的聲音，彼得馬上打開門。叮叮鈴激動地飛了進來，臉頰漲紅，衣裳上沾滿泥巴。

　　「出什麼事了？」彼得急得大喊。於是，叮叮鈴娓娓道出了溫蒂和孩子們被抓走的經過。

　　「我要救她！」彼得立刻跳起來，去拿武器。

　　這時，他想到自己應該先吃藥，這一定會讓溫蒂高興。

他端起了那只致命的藥杯。

「別喝！藥裡有毒！」叮叮鈴尖聲叫道。虎克匆匆穿過樹林時，說著自己做過的事，被叮叮鈴聽到了。

「有毒？誰會下毒？」

「虎克。」

「別說傻話。虎克怎麼能到這裡來？」這一點叮叮鈴解釋不了，因為她也不知道斯萊特利樹洞的祕密。

彼得舉起了杯子要喝，叮叮鈴像閃電一般，眨眼間飛到了彼得的嘴唇和杯子之間，一口把藥喝光。

「叮叮鈴，你怎麼敢喝我的藥？」

叮叮鈴沒有回答。她搖搖晃晃地在空中旋轉著。

「你怎麼啦？」彼得有點害怕了。

「藥裡有毒，彼得。」叮叮鈴輕聲對他說：「現在我要死了。」

彼得悲痛地跪在叮叮鈴身邊。她的亮光越來越暗了。彼得知道，要是這亮光完全熄滅，叮叮鈴就要消失了。她伸出纖細的手指，讓彼得的眼淚在她手指上滑過。她發出微弱的低語，彼得好不容易才聽清楚她是在說：如果有孩子相信仙子的存在，她就會好起來的。

彼得伸出他的雙臂，雖然眼前沒有孩子，而且現在是深夜。不過，他正在對所有夢見了夢幻島的孩子們說話。那些穿著睡衣的男孩和女孩們，和他其實近在咫尺，並非你我想像中的那麼遙遠。

「你們相信有仙子嗎？」他大聲喊道。叮叮鈴在床上坐起來，聆聽關乎她命運的回應。她隱隱約約聽到了肯定的回答，但又無法確定。

「要是你們相信，」彼得急切地對著孩子們大喊：「就拍拍手吧！別讓叮叮鈴死掉啊！」

許多孩子拍手了，有些孩子沒拍，少數幾個頑皮的小傢伙發出了噓聲。

　　拍手聲突然停止，好像有不計其數的母親們衝進了育兒室，查看是發生了什麼事。不過叮叮鈴已經得救了，她的聲音又恢復元氣了，隨後，她跳下床，滿屋子飛來飛去，比以前更加快樂，更加無憂無慮。

　　「現在該去救溫蒂了！」

　　彼得鑽出樹洞，月亮正在雲朵間穿行，他手拿武器，準備執行危險任務。他本想低空飛行，離地面近些，以便發現任何可疑的事情。但是，在月光下低飛，會把影子投映在樹上，驚動鳥兒，使警覺的敵人發現他。

　　沒有別的辦法，他只有學著印第安人的樣子，貼著地面匍匐爬行。可是該朝什麼方向爬呢？一場小雪掩蓋了所有的腳印，島上籠罩著一片沉寂。

　　鱷魚從彼得身邊爬過，此外再也沒有別的活物。彼得很清楚，死亡也許就在前面某一棵樹下等著，或者隨時會從背後潛近突然撲向他。

　　彼得發下毒誓：「這次我要和虎克拚個你死我活。」

第九章　虎克船長

　　一盞桅燈幽幽地照在海盜河口附近的吉德灣，那艘雙桅帆船「快樂羅傑號」就停泊在淺水處。它具有一艘輕巧的小艇，船身處處骯髒汙穢，每根龍骨宛如都透著肅殺之氣，著實令人畏懼。這艘海盜船是海上的食人族，惡名遠播，在海上橫行無阻。

　　夜幕籠罩著這艘船，岸邊聽不見船上的聲響，除了斯密正在使用縫紉機發出的「噠噠」聲外。這個平凡笨拙、令人同情的斯密總是勤勞不懈，樂於助人。有幾個水手靠在船舷邊，在黑夜中喝著酒；其餘的水手趴在木桶旁擲骰子、玩紙牌；那四個抬小屋子的海盜早已精疲力竭，躺在甲板上呼呼大睡了。

　　虎克在甲板上漫步沉思。彼得已經被除掉了，其他男孩全都被捉到了船上，等著走跳板。這是他勝利的時刻，但是從他的步伐裡，感受不到絲毫的興高采烈。相反地，他的腳步沉重，和他的心情正好呼應。

　　每當夜深人靜，虎克在船上和自己對話總是如此，因為他很孤獨。他的手下圍繞在他身旁時，他越發感到孤獨，因為他與他們的社會地位相差太懸殊了。

　　虎克不是他的真實姓名。如果揭露他的真實身分，一定會轟動全國。他曾經就讀於一所著名的公立中學，學校傳統至今仍然深深影響著他。他走起路來，還保持著學校裡那種不凡的氣度。無論他現在怎樣墮落，他還是記得風度是最重要的。

　　他聽到發自內心深處的一陣軋軋聲，彷彿一扇生鏽的門打開了。那道聲音永遠在問他這個問題：「你今天風度合宜嗎？」

「榮譽！榮譽！那光彩耀眼的玩意兒，是屬於我的！」他喊道。

「任何方面都想功成名就，合乎風度嗎？」那聲音反問他。

這個問題就像他內心的一隻爪，比他的鐵鉤還要鋒利，撕裂著他的心。汗從他的油臉上淌了下來，他不時用袖子擦臉，可是仍止不住汗水泛溢。

虎克預感到了自己的死亡，好像彼得的詛咒已經登上了他的船。虎克悲觀地想說幾句臨終遺言，唯恐再過一會兒就來不及說了。

「虎克啊！要是他的野心小一點就好了。」他喊道。只有在心情最低潮的時候，他才用第三人稱稱呼自己。

「沒有一個小孩愛我。」說也奇怪，他居然生平第一次想到了這一點，也許是那架縫紉機使他想到的吧？虎克呆呆地望著斯密，正在靜靜地縫著衣邊的斯密，還以為所有的孩子都怕他。

怕他？怕斯密？那一夜，船上的孩子個個都愛上了他！雖然斯密對他們說了許多嚇人的話，卻讓他們更加纏著他不放。麥克甚至還試戴了他的眼鏡。

虎克一直想告訴斯密，孩子們覺得他很可愛。可是，這似乎太殘忍了，虎克決定把這個祕密藏在心裡。他們為什麼會覺得斯密可愛？虎克對這個問題百思不解。斯密哪一點可愛？一個可怕的回答突然冒了出來：「風度！」斯密不自覺間展現了風度，這才是最好的風度？

虎克狂怒地大吼一聲，朝斯密的頭舉起了鐵鉤，可是一個念頭止住了他的手：「為了一個人展現風度而去傷他，這算什麼呢？」

「沒風度！」哀傷的虎克一下子變得有氣無力，像一朵

被折斷的花一樣垂下頭。

　　他的手下以為他暫時無力管他們了，紀律立刻鬆懈，還像喝醉酒般地跳起舞來。這彷彿一桶冷水澆到虎克頭上，使他頓時精神大振，所有軟弱一掃而光。

　　「安靜，你們這些渾蛋！」他嚷道：「否則，我就把錨拋在你們身上。」喧鬧聲立刻靜止。「孩子們都上好鎖鏈了嗎？把他們帶上來。」

　　除了溫蒂，那群命運悲慘的俘虜一個個從船艙裡被拖了出來，在虎克面前排成一列。虎克懶洋洋地坐在那兒，哼著幾句粗野的歌，手裡玩弄著一副紙牌，嘴裡叼著的雪茄不時閃動火光，映照在他臉上。

　　「好吧！小子們，」虎克乾脆地說：「今晚你們中間有六個人要走跳板。我可以留下兩個在船上替我幹活。留哪兩個呢？」

　　「除非萬不得已，不要惹他發火。」在船艙裡，溫蒂曾這樣告訴孩子們，所以圖圖很有禮貌地率先走上前去，謹慎地說：「我想，我母親是不會願意我當海盜的。你母親會願意你當海盜嗎，斯萊特利？」他向斯萊特利擠了擠眼。

　　斯萊特利悲傷地說：「我想她一定不會願意的。」彷彿他但願不是如此。「你們的母親會願意你們當海盜嗎，雙胞胎？」

　　「少廢話！」虎克吼道，說話的孩子被拉了回去。「你這小子看起來似乎有點膽識，」虎克對約翰說：「你從來沒有想過當海盜嗎？」

　　虎克單挑他來問，使約翰感到有點突然，但在課堂發呆時，他是想過去當海盜。他猶豫地說：「我曾想過叫自己紅手傑克。」

　　「這名字不賴。要是你入夥，我們就這麼叫你。」

「要是我入夥，你們叫我什麼？」麥克問。

「黑鬍子喬。」麥克對這名字頗為滿意。

「怎麼樣，約翰？」虎克請約翰決定，約翰卻反過來要他決定。

「我們當了海盜還能當國王的好百姓嗎？」約翰問。

「你們必須宣誓：打倒國王。」虎克從牙縫裡擠出這句回答。

「那我拒絕！」約翰捶著虎克面前的木桶喊道。

虎克大吼道：「這已經決定了你們的命運。把他們的母親帶上來，準備好跳板！」

看到鳩克斯和奇科抬來那塊要命的跳板，孩子們的臉都嚇白了。可是，當溫蒂被帶來時，他們都竭力裝出了勇敢的樣子。

在男孩們看來，當海盜可能多少還有點吸引人的地方。可是，在溫蒂眼裡，看到的卻是這艘船多年沒有打掃，又髒又臭的。

「我的美人兒，」虎克說，嘴上像是抹了蜜糖，「你就要看著你的孩子們走跳板啦！」突然，他發現溫蒂正盯著他口沫橫飛噴髒的衣領。他急忙想去遮蓋，但已經來不及了。

「他們是要去死嗎？」溫蒂問，她極輕蔑的表情快把虎克氣昏了。

「是的。」他幸災樂禍地咆哮著說：「全都閉嘴，聽聽母親和她的孩子們訣別吧！」

「親愛的孩子們，」溫蒂堅定地說，這時的她顯得神情肅穆，「我覺得你們的親生母親有句話要我轉告你們，那就是：『我希望，我的兒子死也要死得像個英國紳士。』」

這話就連海盜們聽了也肅然起敬。圖圖發狂似的大叫：「我要照我母親希望的去做。你呢，尼布斯？」

「照我母親希望的去做。你呢，雙胞胎？」

「照我母親希望的去做。約翰，你——」

「把她捆起來。」從震驚中恢復的虎克狂叫。

斯密把溫蒂捆到桅杆時，悄悄地對她說：「喂，小乖乖你要是答應做我的母親，我就救你。」

但是溫蒂鄙夷地回答：「我寧可一個孩子也沒有。」

斯密把溫蒂捆在桅杆上的時候，沒有一個孩子看著她，因為他們全都緊盯著那塊跳板，那是他們將走完人生最後幾小步的地方。他們已經不敢指望自己能充滿男子氣概地走完那幾步，他們已經無法思考，只能呆望發抖。

虎克獰笑著走向溫蒂，想要扳過她的臉，讓她看著孩子們一個個走上跳板。可是虎克還沒能走到她跟前聽她痛苦吶喊，就聽到了另一個聲音。那是鱷魚可怕的滴答聲！

所有的人都聽到那聲音了。剎那間，所有人的頭都朝虎克看去，接下來要發生的事只和他有關。虎克渾身關節好像散了一樣，整個人癱倒在地。連那支鐵鉤也無力地垂下，彷彿自知它並非敵人想得到的目標。

要是換了別人，早就閉上眼睛等死了。可是，虎克那強大的頭腦還在運轉，他雙膝著地，跪在甲板上往前爬，盡可能逃離那滴答聲。他一直爬到了船舷那邊，嘶啞地喊：「把我圍起來。」

海盜們把他團團圍起來，不過他們的眼神都避開了那個就要爬上船的東西。虎克躲起來後，好奇的孩子們一齊跑到了船邊，想去看那隻鱷魚怎麼爬上船來。但是，他們看到的是這一夜中最驚人的事：來救他們的不是鱷魚，而是彼得。

彼得做了個手勢，示意他們不要發出驚喜的叫喊，以免引起海盜的疑心。他則繼續模仿著滴答聲往上爬。

只要你願意，一切皆有可能。

Anything is possible if you wish hard enough.

詹姆斯·馬修·巴里
James Matthew Barrie

第十章　反擊的號角

　　那天晚上，彼得悄悄地穿越夢幻島時，看見鱷魚從他身邊爬過，起初他不覺得有什麼異樣。可是過了一會兒，他突然覺得奇怪，鱷魚怎麼沒有發出滴答聲。但他很快就明白過來，是那個鐘的發條走完了。

　　彼得立刻盤算起如何利用這個新狀況。他決定模仿滴答聲，好讓野獸以為他就是鱷魚，不來傷害他。他的滴答聲模仿得維妙維肖，可是也引來了一個意想不到的結果：聽到滴答聲的鱷魚跟上了他。

　　彼得平安無事地到達了海岸，下了水。游泳的時候，他心裡只有一個念頭：「這回一定要和虎克拚個你死我活。」

　　他模仿滴答聲實在太久了，以至於渾然不覺自己一直在發出這個聲音。他以為自己像隻老鼠悄無聲息地爬上了船。等他看見海盜們都躲在一角，虎克失魂落魄地被圍在他們中間，就像看到那隻鱷魚一樣，著實大吃了一驚。

　　鱷魚！起先他以為是真的鱷魚發出滴答聲，他很快地回頭掃視了一眼，才發現不是鱷魚，而是他自己。頃刻間，他明白了眼前的狀況，心想：「我真是聰明啊！」於是，他向孩子們打手勢，示意他們不要拍手歡呼。

　　就在這時，舵手從船艙步出，沿著甲板走過來。彼得舉起刀朝他砍下，約翰用手摀住這個倒楣海盜的嘴，不讓他發出臨死的呻吟。四個孩子及時上前抓住他，防止他倒地發出聲響。彼得一揮手，屍體被就孩子們拋進了海裡。只聽見撲通一聲，之後又是一片寂靜。

　　「一個啦！」斯萊特利開始計數。

　　彼得躡手躡腳，一溜煙鑽進了船艙。海盜們鼓起勇氣四處張望，現在他們能聽到彼此驚慌的喘息聲，可見那個可怕

的聲音已經離開了。虎克緩緩地把頭從衣領裡伸出來，仔細傾聽著是否還有滴答的餘音。一點聲音都沒有了，他才挺直身體站了起來。

「現在，該走跳板啦！」虎克喊道。他現在更加痛恨那些孩子們，因為他們看到了他的畏縮樣。為了讓俘虜們更害怕，虎克說：「走上跳板前，想不想嚐嚐九尾鞭的滋味？」

孩子們都怕得跪了下來。「不，不！」他們可憐兮兮地向虎克哀求。

虎克說：「鳩克斯，去船艙裡把九尾鞭拿來。」

船艙！彼得就在船艙裡！孩子們互相對視。

「好的。」鳩克斯樂呵呵地回答，大步走向船艙。孩子們用目光追隨他，虎克唱起歌來，手下們也應和齊唱。

突然，船艙裡傳來一聲可怕的尖叫，響徹全船，然後變弱、消失，接著又傳來孩子們熟悉的歡呼聲。

在海盜們聽來，這比那聲尖叫還要讓人毛骨悚然。「那是什麼？」虎克喊道。

「兩個啦！」斯萊特利認真地數道。

義大利人奇科猶豫了一下，還是大步地走向船艙。不久後，他踉蹌著走了出來，臉嚇得慘白。「鳩克斯死了，被砍死了。」奇科聲音空洞地說。

「死啦！」海盜們大驚失色，一齊喊道。

「船艙裡有個駭人的東西，就是它發出歡呼聲的。」驚魂未定的奇科幾乎連話都說不清了。

虎克把孩子們欣喜若狂和海盜們愁眉苦臉的神情都看在眼裡，強硬地說：「奇科，回到艙裡去，去把那個亂吼亂叫的東西給我捉來。」

奇科戰戰兢兢地喊道：「不，不！」

虎克咆哮著舉起鐵鉤威脅：「你是說你會去，對吧，奇

科？」奇科只能絕望地揚了揚雙臂走了過去。

甲板上鴉雀無聲。很快，又傳來一聲臨死前的慘叫，接著一陣歡呼聲。

沒有人說話，只有斯萊特利數道：「三個啦！」

「豈有此理，」虎克暴跳如雷地吼道：「誰去把那東西給我抓來？」

「等奇科回來再說吧！」史塔奇咕嚕著說。

「我好像聽到你說要自告奮勇下去。」虎克咆哮道。

「不，老天爺，我沒有說！」史塔奇大喊。

「我的鉤子認為你說了。」虎克逼近他。

史塔奇渾身發抖，環顧四周求助無援，他步步後退，虎克步步進逼。最後他絕望地大叫一聲，縱身躍入海裡。

「四個啦！」斯萊特利叫著。

「現在，」虎克抓過來一盞燈，威嚇地舉起鐵鉤，「我要親自去把那東西抓過來。」他快步走進了船艙。

「五個啦！」斯萊特利舔濕了嘴唇正準備說這句話，卻看到虎克拿著熄滅的燈，搖搖晃晃地走出來。

「有個東西吹滅了我的燈。」虎克的語氣有點不安。

「奇科怎麼樣了？」一個海盜問。

「他死了。」虎克簡短地說。

虎克不願再到船艙裡了，而這立刻引起了騷動。海盜們都很迷信。

「人們都說，要是船上來了一個來歷不明的東西，這艘船肯定要遭殃的。」海盜們一個接一個地嚷起來：「這艘船要遭厄運了。」

聽到這句話，孩子們忍不住歡呼起來。虎克回頭看到他們，臉上忽然露出喜色。

「夥計們，」虎克喊道：「我有個計策。打開艙門，把

男孩們推下去，讓他們跟那個怪物拚命去吧！無論哪一方死了，都不是壞事。」海盜們忠實地執行他的命令。孩子們假裝掙扎著，被推進了船艙。艙門關上了。

在船艙裡，彼得找到了能幫孩子們打開鐐銬的鑰匙。現在孩子們拿著找到的武器，悄悄地跑出來。彼得示意他們先躲起來，然後他割斷了綁著溫蒂的繩索。

現在，他們要一起飛走，是再容易不過的事了。但是有件事攔阻了他們，就是彼得的那句誓言：「這回我要和虎克拚個你死我活！」

於是，彼得讓溫蒂和別的孩子躲在一起，再披上她的斗篷，假扮成溫蒂，代替她站在桅杆前。然後，他深深地吸進一口氣，發出歡呼聲。

海盜們聽到了這聲歡呼，以為船艙裡所有的孩子都被殺了，嚇得驚慌失措。虎克想讓他們再次振作起來，他心裡明白，要是自己鬆懈了，不緊緊盯住他們，他們會像狗一樣撲上來撕咬他的，他必須先穩住他們。

「夥計們，我想起來了，是那個女孩！海盜船上要是有女人就要倒楣的。只要她不在，船上就太平了。」虎克說：「把那個女孩扔到海裡去。」

海盜們一窩蜂朝那個披著斗篷的人衝過去。「現在沒人能救你了，小姐。」馬林斯嘲弄地說。

「有一個人。」那人說。

「誰？」

「復仇好漢彼得・潘！」說著，彼得甩掉了斗篷。在那一瞬間，虎克那顆凶殘的心氣得快炸了。他嘶喊道：「劈開他的胸膛！」

「出來吧！孩子們，衝呀！」彼得大聲疾呼。

轉眼間，船上各處響起了兵器撞擊的聲音。遭到襲擊的

海盜們東奔西竄，亂殺亂砍，處於被動挨打的局面。他們有的跳下了海，有的藏在黑暗的角落裡，最後都被斯萊特利找到。他提著燈跑來跑去，用燈直照著他們的眼睛，使得他們什麼也看不清，最後輕易地成為孩子們刀下的犧牲品。

四周只有兵器相接的鏗鏘聲，偶爾傳出一聲慘叫或落水聲，還有斯萊特利那單調的數數——五個啦！六個啦！七個啦！八個啦……

當這群凶殘的孩子們圍住虎克時，海盜們已經全都被解決了。可是，虎克一個人就能對付所有的孩子，他一次又一次擊退了他們的進攻。彼得跳過來，和虎克面對面，「收起你們的刀，孩子們，這個人由我來對付。」

一轉眼，孩子們一起退開，圍著他們站成一圈。兩個仇人對視許久。虎克微微發抖，彼得臉上則浮現奇異的微笑。

「傲慢無禮的年輕人，」虎克說：「你的死期到了！」

「陰險毒辣的人，」彼得回答：「過來受死吧！」

兩人不再多說，展開廝殺，一時間雙方勝負難分。彼得劍法精湛，閃躲的速度令人眼花撩亂，可惜胳臂太短，很難刺中敵人。虎克的劍法毫不遜色，不過手腕動作不靈活，他靠著進攻的力量壓制對方，希望猛然一劍能刺死彼得。可是他驚訝地發現，自己屢刺不中，彼得一次又一次閃過他的猛攻。他更加逼近彼得，揮舞著鐵鉤，一心要致對方於死地。彼得一彎身，躲開鐵鉤，向前猛刺，刺進了他的肋骨。虎克感到一陣刺痛，手中的劍滑落在地。

「好啊！」孩子們齊聲喝采。可是，彼得很有風度地做了個姿勢，請對手拾起他的劍。虎克立刻照辦，但心裡感到一陣悲哀，覺得對方展現了風度。

「彼得·潘，你到底是誰，你到底是什麼？」虎克粗聲喊道。

「我是青春，我是歡樂，」彼得隨口答道：「我是剛破殼而出的小鳥。」

這當然是信口胡說的。但是，在不幸的虎克看來，這正是極致風度的展現。

「再來受死吧！」虎克絕望地大喊。他頻頻揮劍，但都被彼得靈巧地閃躲。

虎克現在對取勝已不抱希望，他唯一盼望的是在死前看到彼得失去風度。於是他果斷放棄打鬥，轉身跑到火藥庫裡點著了火。「不出兩分鐘，」他喊道：「整條船就會被炸得粉碎了。」

沒想到，彼得卻拿著炮彈從火藥庫裡跑出來，不慌不忙地把它扔到海裡。

虎克在最後關頭依舊保持著高貴的風範。他蹣跚地走過甲板，任由其他孩子圍著攻打他、嘲笑他，他生命的最後時刻已經來到了。當彼得舉著劍凌空飛來，他跳上了船舷，縱身躍入海中。他不知道鱷魚正在水裡等著他。

順帶一提，虎克臨終前還取得了一點勝利：當他站在船舷，回頭看著彼得飛來時，他做了個姿勢要彼得用腳踹他。果然，彼得用腳踹了他，虎克總算如願以償。

「你失去風度了。」他譏笑地喊道，毫無遺憾地落進了鱷魚口中。詹姆斯・虎克就這樣被消滅了。

「十七個啦！」斯萊特利大聲唱出數字，不過他計算得不太準確。那天晚上死了十五名海盜，另外兩個逃了上岸。史塔奇被印第安人逮住，並命令他當印第安孩子的保姆，對於一個海盜來說，這真是個悲慘的下場；斯密從此戴著眼鏡到處流浪，逢人便說，詹姆斯・虎克就怕他一個人。

溫蒂當然沒有參加戰鬥，不過，她一直睜著那雙明亮的眼睛注視彼得。現在戰鬥結束了，她又成為核心人物了。

　　她一視同仁地讚揚男孩們，之後把他們帶到船艙裡，指著掛在牆壁釘子上的鐘，那鐘指著「一點半」。

　　時間這麼晚了，孩子們還沒睡覺，這應該是最嚴重的一件事。當然啦，溫蒂很快便安頓好他們在海盜的艙鋪上睡下了。但是彼得留在甲板上，走來走去，最後才倒在大炮旁睡著了。那夜，他做了許多夢，在夢中哭了很久。溫蒂整夜把他緊緊地擁在自己溫暖的懷中。

没用的人是那些
永遠不會隨著歲月而改變的人。

The most useless are those
who never change through the years.

詹姆斯·馬修·巴里
James Matthew Barrie

第十一章　拒絕長大的男孩

　　第二天早晨五點半鐘，大夥就東奔西跑地忙碌起來，因為海上掀起了巨大風浪。孩子們全都穿著剪去了半截的海盜服，臉洗得乾乾淨淨，像水手那樣提著褲子急匆匆地步上甲板。

　　誰是船長，自然不必說了。彼得已經穩穩地掌著舵。他把全體船員召集到甲板上，做了一段簡短的訓話，希望他們像英勇的海員一樣，恪盡職守。水手們發出一陣豪邁的歡呼聲。接著，彼得下達了幾道命令，他們立即掉轉船頭，航向英國本土而去。

　　彼得船長看過海象圖，若是這種天氣持續下去，估計他們將在六月二十一日抵達亞速爾群島。到了那兒他們再改為飛行，可以節省不少時間。

　　船上的事暫且擱下不提，我們現在先去十四號公寓，看看那個寂寞的家庭。三個孩子毫無留戀地離家出走，已經很久了。育兒室裡那三張床上的棉被已經被晾晒過，窗戶也都敞開著。

　　自從孩子們飛走以後，達林太太成天待在家裡，從不出門。達林先生一直後悔莫及：為什麼要把娜娜拴起來呢？那真是天大的錯誤，她其實比他還有智慧啊！達林先生是個單純的人，凡是他認為正確的事，他都有極大的勇氣去做。深刻檢討了自己之後，他便四肢著地鑽進了狗屋。達林太太勸他出來，但他總是悲傷而堅定地回答：「不，親愛的，這才是我應該待的地方。」

　　達林先生發誓說，只要孩子們一天不回來，他就一天不出狗屋。過去那個驕傲的喬治·達林，如今變得無比謙遜。最令人感動的是他對娜娜的尊重，他不讓她再住狗屋了。

每天早晨，達林先生都會坐在狗屋裡，讓人把狗屋抬上車，載到辦公室，六點鐘再照這樣載回家。你只要記得他曾經多麼介意鄰居的眼光，就可以看出他的性格有多麼堅強。

　　現在，他的一舉一動引起了人們的驚詫。他內心一定忍受著極大的痛苦，但是即使年輕人對著狗屋指指點點時，他的神情依然頗為平靜。達林先生的行為或許看起來荒謬，卻十分高尚。

　　在這個不尋常的日子，達林太太獨坐在育兒室裡。她的眼神哀傷，昔日歡樂的神采，因為失去孩子們，已經完全消失了。她的嘴角原本最吸引人目光，現在幾乎枯萎了。她的手不停地撫摸著胸口，就像那兒正隱隱作痛。

　　達林太太忽然跳起來，呼喚著孩子們的名字。可是，屋裡只有娜娜。「啊，娜娜，我夢見我的寶貝們回來了。」娜娜睡眼惺忪，把爪子輕輕地放在女主人膝上。她們就這樣靜靜地坐著。

　　就在這時，狗屋運回來了。達林先生伸出頭親吻他的妻子時，看得出他的臉比以前憔悴，但表情溫和多了。達林先生睏了，他蜷縮著身子，在狗屋裡躺下。

　　「你到孩子們的遊戲室去，為我彈鋼琴助眠好嗎？」他請求道。達林太太向遊戲室走去，他又漫不經心地說：「請把窗子關上，好像有風。」

　　「啊！喬治，千萬別叫我關窗子。窗子要永遠為他們開著，永遠，永遠。」達林太太走到遊戲室，彈起鋼琴來。達林先生很快就睡著了。

　　這時，從窗戶外飛進來了彼得和叮叮鈴。

　　「快，叮叮鈴，」彼得低聲說：「關上窗子，上閂。這樣等溫蒂回來，會以為母親把她關在外面，已經忘了她，那她就只得跟我一塊兒回去了。」

彼得不覺得這樣做有什麼不對，反而開心地跳起舞來。然後，他偷偷往遊戲室裡張望，看見在彈琴的人。

他輕輕地對叮叮鈴說：「那是溫蒂的母親。她是一位漂亮的太太，不過沒有我母親漂亮。她唇邊有很多頂針，但是沒有我母親唇邊的頂針多。」其實，關於他的母親，他什麼也不知道。可是，他有時候喜歡誇耀地吹捧她。

鋼琴上彈奏的是〈甜蜜的家庭〉。彼得並不知道這是什麼曲子，但他明白，那首曲子在不斷地唱著「回來吧！溫蒂，溫蒂。」琴聲停止了，彼得看見達林太太把頭靠在鋼琴上，眼裡含著兩顆淚珠。

「她想要我把窗子打開，」彼得心想：「我才不要，絕不！」

彼得又往裡面偷看，眼淚仍在那兒，「她真的很愛溫蒂呢！」彼得對自己說。他現在很氣達林太太，氣她為什麼就不明白：「我也喜歡溫蒂啊，太太，但我們不能兩個人都要溫蒂呀！」

可是這位太太偏不肯放棄，彼得覺得很不高興。他不想再看著她，而是扮著滑稽的鬼臉，在房間四處活蹦亂跳，可是他一旦停下來，就無法安心，彷彿達林太太在他心裡不斷地敲打。

「唉，那好吧！」最後，彼得忍著怒氣打開窗子。「走吧！叮叮鈴，咱們可不要什麼傻母親！」他喊著，以一種狠狠的嘲諷口吻說完，就飛走了。

所以，當溫蒂、約翰和麥克飛回來的時候，發現窗子是開著的。他們降落在地板上，一點也不覺得慚愧。年紀最小的麥克，甚至忘記這個家了。

「約翰，這兒我好像來過。」他邊說邊疑惑地四面張望著。

「你當然來過，傻瓜。那不是你的舊床嗎？」約翰說。

「沒錯。」麥克說，可是還不太有把握。

「瞧，狗屋！」約翰跑過去，往裡瞧，「也許娜娜就在裡面吧！」溫蒂說。

約翰吹了一聲口哨：「喂！裡面有個男人。」

「是爸爸！」溫蒂驚叫。

「讓我瞧瞧。」麥克仔細地看了一眼。「他的個頭還沒有我殺死的那個海盜大呢！」他毫不掩飾自己的失望。

幸好達林先生睡著了，要是他聽見小麥克說的話，他該有多難過啊！

看見爸爸睡在狗屋裡，溫蒂和約翰不禁吃了一驚。

「他不會一直都睡在狗屋裡吧？」約翰說，似乎對自己的記憶失去了信心。

「或許我們並不是那麼記得過去的生活。」溫蒂猶豫地說。他們感到一陣顫慄，彷彿被澆了桶冷水。

「媽媽真是粗心，我們回來了，居然不在這兒。」約翰說。這時候，達林太太又彈起琴來了。

「是媽媽！」溫蒂驚嘆道，「噢，天啊！我們是該回來了。」她第一次真正感到了愧疚。

約翰提議：「我們偷偷溜進去，用手蒙住她的眼睛。」

可是溫蒂想到了一個更好的辦法：「我們都上床去，等媽媽進來的時候，我們都在床上躺著，就好像從來沒有離開過一樣。」

於是，當達林太太來到育兒室時，就看到每張床上都睡了一個孩子。孩子們等著她歡呼，可是她沒有歡呼。她看到了他們，但她不相信他們在那兒。她經常在夢裡看見他們躺在床上，還以為自己這回又在夢中。

達林太太在火爐邊的椅子上坐了下來。三姊弟不明白媽

媽是怎麼了，渾身感到一陣寒意。

「媽媽！」他們一個一個喊出口，可是達林太太還以為她在做夢。但是她情不自禁地伸出雙臂，想擁抱那三個她以為再也抱不著的孩子。她抱到了！因為溫蒂、約翰和麥克都溜下了床，直接撲進了她的懷裡。

「喬治，喬治！」達林太太喊道。達林先生醒來，和她一起分享這份歡樂，娜娜也衝進來。這景象多麼動人啊！可惜沒人來欣賞，除了一個小男孩——他默默地從窗外向裡張望。他擁有數不完的樂事，是別的小孩子永遠得不到的。但是，他隔著窗看到的那份快樂，卻是他永遠也得不到的。

其他夢幻島來的孩子呢？他們都在下面等著，好讓溫蒂有時間向父母說明他們的事。等數到五百下的時候，他們才規規矩矩地從樓梯走上來。他們沒有飛上去，想給大人比較好的第一印象。

現在，他們在達林太太面前站成一排，沒有說話，眼睛卻在懇求她收留他們。他們原本也該望著達林先生，卻完全忘了他。達林太太立刻就說願意收留他們，可是達林先生很不高興。孩子們知道，他是嫌六個太多了。

「爸爸！」溫蒂叫了一聲，但達林先生還是沉著臉。

「我們幾個可以擠在一起。」尼布斯說。

「喬治！」達林太太看到丈夫表現得如此小器，她心裡很難過。達林先生突然哭起來，他說，他也和太太一樣，願意收留孩子們，只不過他們也應該徵求他的同意，不該把他當成一個無關緊要的人。

「我並不覺得他無關緊要。」圖圖立刻大聲說：「你說呢，捲毛？」孩子一個個互相追問，到頭來根本沒有一個孩子認為他是個無關緊要的人。達林先生心滿意足了，立刻表示如果擠得下，他就把客廳作為安置他們的地方。

「那麼，跟我來吧！」他愉快地喊道。說完，他就跳著舞滿屋子轉，孩子們也跳著舞跟在他後面。

至於彼得，他飛走前來看了溫蒂一次。他並沒有特地飛到窗前，只在經過時輕輕碰到窗戶。溫蒂打開窗戶呼喚他。

「喂，溫蒂，再見了。」他說。

「彼得，你不想跟我父母談談嗎？」溫蒂遲疑地說。

達林太太走到窗前，她現在一直密切注意著溫蒂，她告訴彼得，她收養了那些男孩，也很願意收養他。

「你要送我去上學？」彼得警覺地問。

「是的。」

「我不想上學，我也不要變成大人。」彼得氣憤地對達林太太說：「要是我醒來後摸到自己有鬍子，那多可怕！」

「彼得！」溫蒂安慰他說：「就算你有鬍子了我還是愛你的。」

達林太太向他伸出雙臂，但是彼得拒絕了她。「別靠近我！誰也不能抓住我，使我變成一個大人。」

「可是你要住在哪兒呢？」

「和叮叮鈴一起住在我們給溫蒂蓋的小屋裡。仙子們會把它抬高到樹頂上，他們晚上就睡在那裡。」

「真好！」溫蒂羨慕地喊道。

達林太太不由得緊緊抓住她。

「我以為所有的仙子已經不存在了！」達林太太說。

「會一直有年輕的仙子出現。」溫蒂解釋說：「因為每個嬰孩第一次笑出聲的時候，就會有一個新的仙子誕生。」

「我還有好玩的事！」彼得瞥了一眼溫蒂說。

「可是晚上一個人坐在火爐邊怪寂寞的。」溫蒂說。

「那你跟我一起到小屋去吧！」

「媽媽，我可以去嗎？他真的需要一個母親啊！」

「不行，我絕不會讓你再次離開了。你也需要一個母親啊，寶貝。」

「那就算了。」彼得說。達林太太看到彼得的嘴在微微顫動，於是提出一個大方的建議：每年讓溫蒂去他那兒住上一個禮拜，幫他做春季大掃除。

溫蒂知道下一個春天還要等很久，但彼得很滿意這個決定，他對時間的概念模糊不清，而且還有許多冒險的事情等著他做呢！

「彼得，在春季大掃除以前，你會忘記我嗎？」溫蒂最後向他問了一句這樣悲傷的話。彼得向她保證絕對不會，然後就飛走了。他還帶走了達林太太的吻，那個一直沒人得到的吻，太奇妙了，而且達林太太對此也很高興。

孩子們都被送進了學校。他們上學還不到一個禮拜，就已經懊悔離開夢幻島了。不過，他們很快就適應了新生活。他們漸漸失去了飛的能力。起初，娜娜還得把他們的腳綁在床柱上，防止他們半夜裡飛走。

白天，他們常玩的一種遊戲是，假裝從校車上掉下來。可是漸漸地，他們發現鬆手從校車上掉下來時，就會摔傷。到後來，當帽子被風刮走時，他們甚至不能飛起來抓住它。他們以為，是練習不夠。其實，這是因為他們不再相信這一切了。

麥克比別的孩子相信的時間長些，所以，第一年彼得來接溫蒂時，他還陪著溫蒂一起等著彼得。溫蒂和彼得一起飛走時，還擔心彼得看出她已經長高，衣服變短了。可是彼得根本沒注意，他光顧著說自己的事，還說不完呢！

溫蒂和他聊到那些驚險刺激的往事，可是新的冒險趣事已將往事從他腦海中擠走。

他很感興趣地問：「虎克船長是誰？」

「你不記得，你當初怎麼和他對戰，最後救了我們大家嗎？」溫蒂驚訝地問。

「我忘記了。」彼得漫不經心地回答。

彼得還問：「叮叮鈴是誰？」

溫蒂萬分驚訝，而且即使她做了解釋，彼得仍舊想不起來。他說：「他們這種小東西多得是，我想她應該已經不在了。」他大概說對了，因為，仙子是活不長的。

還有一點也讓溫蒂感到難過：過去一年的時間，對於彼得來說，彷彿只是昨天；但對她而言，卻是漫長的等待。不過，彼得還像以前一樣迷人。他們在樹上小屋進行了一次愉快的春季大掃除。

第二年，彼得沒有來。第三年，彼得又來接她了。奇怪的是，他竟不知道自己漏掉了一年。這是小女孩溫蒂最後一次見到彼得。一年年過去了，粗心大意的彼得再也沒有來。等到他們再見面時，溫蒂已經是一位結了婚的婦人。男孩們也都長大了。溫蒂結婚穿白色婚紗時，想來奇怪，彼得竟沒有飛進教堂，阻止婚禮。

溫蒂有了一個女兒，名叫珍。等她長大到可以提問題的時候，她的問題多半是關於彼得的。溫蒂把能記得的事情全講給女兒聽。她講這些故事的地點，就是原來那間育兒室。現在，這裡成了珍的育兒室。珍把床單蒙在母親和自己的頭上，當作一頂帳篷。在黑暗裡，兩人說著悄悄話：

「我們現在看見什麼啦？」珍說。

「我什麼也沒看見。」溫蒂說。

「你看得見，」珍說：「你是一個小女孩的時候，就看得見。」

「那是很久以前的事啦！唉，時間飛得多快呀！」

「時間也會飛嗎？就像你小時候那樣飛嗎？」

「我有時候真搞不清我是不是真的飛過。」

「你現在為什麼不能飛，媽媽？」

「因為我長大了。人一長大，就忘記怎麼飛了。」

「為什麼他們會忘記怎麼飛呢？」

「因為他們不再快樂、天真、無憂無慮了，只有這樣的人才會飛。」

於是她們開始談到去冒險的那一夜：「那個傻傢伙，他想用肥皂把影子黏上，黏不上就哭，哭聲把我驚醒了，我就用針線幫他縫上。」

「你漏掉了一點。」珍插嘴說，她現在知道得比母親還清楚：「你看見他坐在地板上哭的時候，你說什麼？」

「我說：『小男孩，你為什麼哭？』」

「這就對了。」珍說，吐了一大口氣。

「後來，他領著我飛到了夢幻島，那裡有仙子、海盜、印第安人、人魚礁湖和地下的家。」

「對了！你最喜歡什麼？」

「我最喜歡地下的家。」

「我也是。彼得最後對你說了什麼？」

「他說：『你只要一直等著我，總有一夜你會聽到我的歡呼聲。』」

「彼得的歡呼聲是什麼樣的？」

「是這樣的。」溫蒂試著學彼得的歡呼聲。

「不對，是這樣的。」珍學得比母親好多了。

溫蒂有點吃驚：「寶貝，你怎麼知道的？」

「我睡著的時候常常聽到。」珍說。

「是啊，很多人是這樣，只有我在醒著的時候聽過。」

「你多幸運啊！」珍說。

有一晚悲劇發生了。那是春天夜晚，剛講完故事，珍躺

在床上睡著了。溫蒂坐在地板上，就著壁爐火光縫補衣服。就在這時，她聽到一陣歡呼聲。窗子像過去一樣被吹開，彼得跳了進來，降落在地板上。彼得一點沒變，他還是長著滿口的乳牙。雖然彼得還是一個小男孩，可是溫蒂已經長成大人了。

「你好，溫蒂。」彼得並沒有注意到異樣，因為他只想到自己。他隨便瞄了珍一眼，問道：「這是個新孩子嗎？」

「是的。」溫蒂說。彼得還是一點也不明白。

「彼得，」溫蒂結結巴巴地說：「你希望我跟你一起飛走嗎？」

「當然啦，我正是為這個來的。」彼得有點嚴厲地說：「你忘了已經到春季大掃除的時候了嗎？」溫蒂知道，用不著告訴他，他漏掉好多次春季大掃除了。

「我不能去，」她抱歉地說，「我忘記怎麼飛了。」

「我可以馬上再教你。」

「唉！彼得，別在我身上浪費仙塵了。」溫蒂從地板上站了起來，彼得突然感到一陣恐懼。「怎麼回事？」他往後退縮著。

「我去開燈，」溫蒂說，「你自己一看就明白了。」

彼得有生以來第一次害怕了。「別開燈！」他叫道。

溫蒂帶著眼淚微笑著，用手撫弄著這個可憐小男孩的頭髮，然後開了燈。

彼得看見了，痛苦地叫了一聲；這位高大、美麗的婦人正要彎下身把他抱起來，他陡然後退，喊了一聲：「怎麼回事？」

溫蒂不得不告訴他：「彼得，我已經長大成人，也結婚了。床上那個小女孩，就是我的寶寶。」

「不，她不是。」彼得坐在地板上抽泣起來。溫蒂不知

道怎樣安慰他。哭聲驚醒了珍。珍在床上坐起來，馬上對彼得大感興趣。

「孩子，」她說，「你為什麼哭？」

彼得站起身來，向她鞠了一躬；她也在床上向彼得鞠了一躬。

彼得說：「你好，我叫彼得・潘。」

「是，我知道，」珍說：「我正等著你呢！」

彼得得意洋洋地歡呼，珍穿著睡衣欣喜若狂地繞著育嬰室飛。

「她是我的母親了。」彼得對溫蒂解釋說。

珍隨即從空中落下來，站在彼得旁邊，對溫蒂說：「他太需要一個母親了。」

「是呀！我知道，我比誰都清楚知道。」溫蒂有點淒涼地承認。

「再見了！」彼得對溫蒂說，然後他飛上空中，珍也隨他一起。

「不，不！」溫蒂衝到了窗前大喊。

「只是去春季大掃除罷了。」珍說。

「要是我能跟你們一道去就好了。」溫蒂嘆了口氣，終於還是讓他們一起飛走了。她站在窗前，望著他們遠去，直到他們小得像星星一般。

彼得再次見到溫蒂時，她的頭髮變白了，身體縮小了；珍則長成大人了，她女兒名叫瑪格麗特。每到春季大掃除時節，除非彼得自己忘記了，他總會來帶瑪格麗特去夢幻島。她會向彼得講述他自己的故事，彼得總是聚精會神地聽著。

瑪格麗特長大後，又有了一個女兒，又會成為彼得的母親。只要孩子們依然快樂、天真、無憂無慮，這件事情就會這樣周而復始、循環不已。

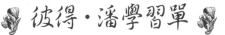

彼得‧潘學習單

詹姆斯‧馬修‧巴里（了解作者與作品）

1. 作者巴里誕生於維多利亞時期，當時也正是英國海外殖民擴張的全盛時期。你知道當時英國的殖民地有哪些嗎？

2. 世界經典兒童文學《彼得‧潘》推出了許多類型的周邊文創商品，如果讓你來設計，你會想要製造什麼樣的商品呢？

彼得‧潘（故事內容的回顧）

1. 文中，為什麼叮叮鈴總是欺負溫蒂？

2. 溫蒂永遠得不到的，達林太太右脣邊的吻，是指什麼？

不想長大（假如故事內容發生在自己身上會怎麼做？）

1. 閉上眼睛回想，試著將父母的特徵寫下來，你覺得印象中的父母和實際上的父母有哪裡不一樣？

2. 彼得‧潘是拒絕長大的孩子，如果有機會，你會選擇跟他一起生活、過上每天都有神奇冒險的日子嗎？

成為大人 （故事困境的延伸）

1. 你有視為榜樣的年長者嗎？他是誰？為什麼他是你的榜樣？

2. 你覺得擁有什麼條件，才能成為大人？

海盜歷史 （故事內容的延伸）

1. 文中提到黑鬍子喬的稱號，歷史中也有位著名海盜黑鬍子，他對世界文化影響深遠，你知道有哪些是以他為原型所改編的人物嗎？

2. 文中提到因為船上有女人所以才會倒楣，你覺得是因為哪些原因導致少有女性在船上工作？

夢幻島 （活動）

　　文中提到每個人心中的夢幻島都不一樣。約翰的夢幻島上有個湖泊，湖上飛著紅鶴；麥克是湖泊在紅鶴上飛；溫蒂則住在一間用樹葉編成的屋子裡，她還有隻寶貝小狼。試著將你心中的夢幻島畫下來，或文字描述看看吧！

國家圖書館出版品預行編目（CIP）資料

奇幻仙境 Fantasy wonderland：愛麗絲夢遊仙境 &
　彼得‧潘 / 路易斯‧卡洛爾 (Lewis Carroll)，詹
　姆斯‧馬修‧巴里 (James Matthew Barrie) 作 --
　初版 .-- 桃園市：目川文化數位股份有限公司，
　2022.03
　192 面；20x13 公分 . -- (典藏文學；3)
　譯自：Alice's adventures in wonderland
　譯自：Peter Pan and Wendy
　ISBN 978-626-95460-5-3(精裝)

873.59　　　　　　　　　　　　111002490

典藏文學 03
奇幻仙境 Fantasy Wonderland
愛麗絲夢遊仙境&彼得‧潘

作　　者：路易斯‧卡洛爾 Lewis Carroll &
　　　　　詹姆斯‧馬修‧巴里 James Matthew Barrie
主　　編：林筱恬
責　　編：蔡晏姍
美術設計：巫武茂、黃子庭
出版發行：目川文化數位股份有限公司
總 經 理：陳世芳
發行業務：劉曉珍
法律顧問：元大法律事務所 黃俊雄律師
地　　址：桃園市中壢區文發路 365 號 13 樓
電　　話：（03）287-1448
傳　　真：（03）287-0486
電子信箱：service@kidsworld123.com
網路商店：www.kidsworld123.com
粉絲專頁：FB「悅讀森林的故事花園」
印刷製版：長榮彩色印刷有限公司
總 經 銷：聯合發行股份有限公司
地　　址：新北市新店區寶橋路 235 巷 6 弄 6 號 4 樓
電　　話：（02）2917-8022
出版日期：2022 年 3 月（初版）
I S B N：978-626-95460-5-3
書　　號：CACA0003
定　　價：680 元